拾珍译丛

马德里画稿

〔墨〕阿尔丰索·雷耶斯 著
赵德明 译

Cartones de Madrid

Alfonso Reyes

漓江出版社

图书在版编目（CIP）数据

马德里画稿 /（墨）阿尔丰索 · 雷耶斯著；赵德明译 .—桂林：漓江出版社，2017.12（2018.5 重印）
ISBN 978-7-5407-8337-2

Ⅰ. ①马…　Ⅱ. ①阿… ②赵…　Ⅲ. ①散文集—墨西哥—现代
Ⅳ. ① I731.65

中国版本图书馆 CIP 数据核字（2017）第 269358 号

策划编辑：陆　源
责任编辑：陆　源
助理编辑：孙静静　林培秋
责任监印：周　萍　黄菲菲
封面设计：周伟伟

出版人：刘迪才
漓江出版社出版发行
社址：广西桂林市南环路 22 号　邮政编码：541002
电子邮箱：ljcbs@163.com
网址：http://www.lijiangbook.com
热线销售：010-85893190-805

印制：三河市西华印务有限公司
开本：880mm×1230mm　1/32
印张：3.25　字数：40 千字
版次：2017 年 12 月第 1 版　印次：2018 年 5 月第 2 次印刷
定价：28.00 元

少年时期的阿尔丰索·雷耶斯

青年时期的阿尔丰索·雷耶斯

阿尔丰索·雷耶斯

目录

译　序

美国教授拉盖尔·张－罗德里格斯在她编选的拉美文学教科书《西班牙美洲之声》(Raquel Chang-Rodriguez, *Voces de Hispanoamerica*) 中，给阿尔丰索·雷耶斯的历史定位是:“学识渊博，深厚的人文学养，古希腊、古罗马、西班牙黄金世纪文学资深研究专家；同时，在散文、诗歌和小说创作方面都有建树。”但鲜为人知的是，雷耶斯的童年和少年是在战乱中度过的。这与他的父亲有关系。他的父亲是墨西哥将军、新莱昂州州长。阿尔丰索·雷耶斯于1889年5月17日出生在该州首府蒙特雷，1906年在墨西哥城开始上大学。1911年在校期间，他就发表了专著《美学问题》，初步展示了他的艺术才华和审美眼光。这时，他结交了一批作家，组成了“讲座协会”和“青年雅典诗社”。这两个组织对独裁统治下知识界的实用主义态度进行了批判，同时对传播文艺新风做出了贡献。1913年他大学毕业，获得律师资格证书。同年，他父亲因为卷入一场反对马德罗总统的政变而战死。雷耶斯被迫流亡到西班牙。

在西班牙逗留的十年里，雷耶斯先是在由著名语言学家、文学家拉蒙·梅嫩德斯·皮达尔领导的西班牙历史研究中心语言学部门工作（1914—1919），并在马德里大学学习。在此期间，他发表了一系列关于古希腊、古罗马文学以及西班牙黄金世纪文学的研究成果。1917年他创作了歌颂墨西哥高原的诗歌《阿纳瓦克的幻景》，在诗中，作者通过对墨西哥地理的描写和历史的回顾，追寻墨西哥文化之根，力图揭示出墨西哥人的精神实质。1920—1924年墨西哥政府恢复了雷耶斯在外交部的工作，任命他担任驻西班牙大使馆文化参赞一职。这个时期，他仍然坚持研究古希腊文学和德国大诗人歌德、法国诗人马拉美及西班牙黄金世纪文学代表诗人贡戈拉的作品。他的基本看法是：文学发展总是与社会条件的变化息息相关的。对世界上的各种文化，他的态度是宽容和有礼貌的，绝对没有任何教条式的偏执。

从1913年被迫离开墨西哥，雷耶斯先后居住和工作的地方有：巴黎、马德里、布宜诺斯艾利斯、里约热内卢、圣地亚哥和蒙得维的亚，其间除去外交工作之外，他做了大量的文化交流工作，传播了“艺术无国界”的思想，提出了拉丁美洲文化应该是“多元、混杂的”。1938年，他回到墨西哥，离开了外交部门，集中精力创办墨西哥学院。1939年他担任了首届院长。墨西哥学院是由西班牙之家、墨西哥政府以及一些文化单位联合创办的文化研究中心，吸收了众多的拉美、西班牙作家进行专题研究工作，出版了大量人文学科读物，培养了大批优秀人才；从开办至今，它已经成为拉美著名的文化中心之一。

从1939年到他逝世（1959）前，他创作了大量脍炙人口的作品，例如《文学体验》（1942）和《划清界限：文学理论序言》（1944）。他始终关注文学艺术与社会政治的密切联系，始终关注全球文化发展的新动向以及对人类的终极关怀。例如，他十分关心各个民族的生存与其文化活动的关系；再比如，他认为，今天问题的根子在于昨天，昨天不清除垃圾，今天就会继续生活在垃圾堆上；他还主张传统性与现代性应该调和。这个观点与他青年时代的文化养成有密切关系。早在1910年，他二十一岁，还在大学里念书，为纪念墨西哥独立一百周年，他写了一篇分析墨西哥诗人曼努埃尔·何塞·奥东[①]代表作《乡间诗歌》（1902）的报告，其中证明了西班牙著名学者梅嫩德斯·贝拉约的看法：墨西哥的乡村诗歌具有强烈的原创性，表现了古典文化的深厚底蕴。这篇报告奠定了雷耶斯关于西班牙美洲和墨西哥的土地观与文化观基础。再有，他对美洲文化的热爱与对古希腊、古罗马文化的痴迷是结合在一起的，这在他的《阿纳瓦克幻景》（1917）、《为纪念维吉尔演讲》（1931）、《注释美洲智慧》（1937）、《美洲立场》（1942）中都有表现。他很早就明白了这样一个道理：古希腊、古罗马以降的欧洲人文科学是墨西哥文化传统的基础部分，如果放弃这一人文科学就等于是放弃了自己的文化之根；西

---

① 曼努埃尔·何塞·奥东（Manuel José Othón，1858—1906），记者、诗人、小说家、剧作家。——译注

班牙美洲的现代化就在于这一人文科学。他坚持认为，“美洲时代”具有世界性。这在《阿纳瓦克幻景》中说得非常明白。阿纳瓦克是墨西哥历史和地理区域的名称，指的是阿兹特克人统治时期的墨西哥高原和中部谷地。当时有五座湖泊，是都城特诺奇提特兰的所在地。1607—1608年湖水陆续排空，地表下陷。但该地区仍然是阿兹特克文化的中心。西班牙征服该地区后，带来了以古希腊、古罗马为传统的欧洲文化，产生了上述两种文化的融合。雷耶斯坚持认为，不要强迫当代人非要选择什么美洲主义还是欧洲主义，不要搞文化种族主义。他的兴奋点在于，要吸收全人类的文明智慧成果，形成有长远意义的美德以及建立良好的社会组织。这些想法一一表述在《西班牙文学华彩篇章》(1939和1945)、《新西班牙文学》(1948)、《雅典时代的批评》(1941)、《影子联合会》(1949)、《希腊文化研究》(1957)、《古希腊后期的哲学》(1959)、《没有这样的地方》(1960，遗著)。

在创作方面，阿尔丰索·雷耶斯创作的小说有:《斜面》(1920)、《胡安·贝利亚的证词》(1930)、《蟋蟀之家》(1945)、《真话与谎言》(1950)、《火药树》(1953)、《十五次出现》(1955)以及《三件宝》(1955)。他的这些小说篇幅不长，与他经营的散文相似：轻松愉快，浮想联翩，文如泉涌，思路清晰、深刻。20世纪上半叶的拉美小说大多遵循现实主义和社会现实主义的主张，在反映社会下层百姓苦难生活上是有巨大贡献的，但是有些作品结构过于呆板，情节过于简单和公式化。雷耶斯的上述作品，用复杂的人物性格和巧妙的构思，尤其是生动、活泼的艺术语言和心理描写，改造了现实主义的文风，赢得了读者的喜爱。

在诗歌创作方面，他作品的灵感大多来自古典文学和民歌，诗中的意象和基调朴实无华、优美动人，具体作品有:《足迹》（1922）、《休止符》（1926）、《五首近似十四行诗的作品》（1931）、《一月河谣曲》（1933）、《塔拉乌马拉的野草》（1934）、《另外一个声音》（1936）、《费德里科·加西亚·洛尔卡坟墓里的合唱》（1936）。1952年墨西哥结集出版了《阿尔丰索·雷耶斯诗集》，收录了1906—1952年的大部分诗作。

在戏剧创作方面，值得一提的是1924年创作的诗剧《残忍的伊菲赫利娅[①]》，表达了作者对自由的渴望以及社会人际关系的复杂性。此外，还有剧作《兰德鲁》也以跌宕起伏的剧情获得成功。

在散文创作方面，意大利文学教授、拉美文学专家朱塞佩·贝里尼（Giueppe Bellini）在他的《西班牙美洲文学新史》中，如此评价雷耶斯的散文成就:“20世纪西班牙美洲最具人文主义文化表现力的大师，毋庸置疑，当属阿尔丰索·雷耶斯。他的文学、历史、艺术和自传性质的散文，一向都是高级的美学创作，都是完美的艺术品和情趣高雅的文学之作。”阿根廷文学大师路易斯·博尔赫斯在雷耶斯的《马德里画稿》的封底上这样写道:

① 希腊神话中阿伽门侬的女儿。——译注

"我认为雷耶斯是我们20世纪西语散文创作中最优美文雅的文体大师。在写作上，我从他那里学到了很多东西，尤其是态度诚实，风格简约……也许雷耶斯暂时还没有得到理应得到的荣誉，因为人们常常喜欢把作家和一部作品联系起来，哪怕这部作品并非是作家的最佳之作，例如，歌德之《浮士德》，塞万提斯之《堂吉诃德》。雷耶斯如同大作家克维多一样，被自己的作品分散到各地去了。眼下，我心里想着雷耶斯的《划清界限》和《残忍的伊菲赫利娅》，两部作品令我钦佩之至。但是，我认为，这两部作品不能集中体现阿尔丰索·雷耶斯的总体成就。"

那么，雷耶斯的散文究竟有哪些艺术特点让博尔赫斯这样的文学大师为之倾倒呢?

译者通过翻译《马德里画稿》这部作品的经历，至少有以下一点感觉:

雷耶斯居住在马德里期间经常逛街，边走边看边想。他看到了马德里许许多多辉煌的建筑，同时也看到乞丐、流浪汉、残疾人……看到残酷的悲惨世界，看到饥饿、贫困、愚昧、冷漠的社会现象。他在思考这些现象产生的社会和历史根源，同时，他联想到了自己的祖国墨西哥，字里行间流露出他对人类命运的关怀。在西班牙，如此关怀他人命运的作家、艺术家有很多，雷耶斯觉得找到了知音。这些人有思想，有担当，有社会责任感和历史使命感。每个民族都有这样的火炬手:在地狱般的黑暗中，给百姓带来光明，与百姓一道与苦难搏斗，准备迎接黎明。雷耶斯与百姓的关系，建立在互相尊重、人格平等的基础上。他十分懂得百姓的人格尊严，同时也明白国民性中的缺点。对于底层人们的愚昧和麻木不仁，他焦急、忧虑，但是心里明白要做长期耐心的启蒙、教育工作，尤其是要与“金钱至上、及时行乐、腐败堕落”的歪风邪气作斗争。

在翻译《马德里画稿》的过程中，让译者特别感到惊异的是雷耶斯的渊博知识以及早熟。他写《马德里画稿》的时候，是1914年至1917年，即他二十五岁至二十七岁的时候，而早在1911年他已经完成了长篇学术专著《美学问题》了。也就是说，雷耶斯刚刚二十出头的时候，他的知识库就已经系统码放好了：古希腊、古罗马文学，西班牙黄金世纪文学，现代英、法文学，而拉美和西班牙文学则更是他耳熟能详的基础知识了。掌握知识仅仅是认知道路上的第一步。研究前人和他人的成果，是为了求真和创新。读者在《马德里画稿》中可以感觉到雷耶斯探求真理的热情以及开创自己散文创作之路（抒情的风格，厚朴、生动的叙事语言以及深刻的批判精神）的努力。比如，他对古希腊悲剧诗人埃斯库罗斯简洁明快风格的赞赏；又比如，他对法国大诗人马拉美作品中象征主义晦涩情绪的批评；再比如，他对尼采哲学思想中的怀疑态度以及歌德作品表现出的高傲神情之理解，都大大超出了他的年龄和心路历程。如果放在今天，无论墨西哥、西班牙、美国还是中国，二十几岁的人忙于考试过关、应付几门功课的作业已经要“崩溃了”，哪里还有空闲时间看一眼文学、历史、哲学或法律书籍呢？雷耶斯积累知识的起点是七岁，十二岁开始写诗，到了十七岁，他的诗作已经可以结集出版了。他认为这些成果与中学时期几位好朋友的鼓励密切相关。外界环境固然重要，但更为关键的是他对各类知识的态度和方法：强烈的好奇心，强烈的求知欲，强烈的广泛兴趣（甚至喜爱烹饪术、室内装修和服装设计），推动他阅读文学、哲学、历史、社会学、语言学、神学、政治学；他积极参加朋友们组织的时事讨论会、哲学思想交流会（如分析尼采和康德的作品）、对当时甚嚣尘上的实用主义哲学的批判会、对流行的十一音节诗的分析会、约翰·施特劳斯音乐作品欣赏会、哥特建筑风格介绍会，等等。这些朋友中有拉丁美洲文学专家，有诗人、小说家，有哲学家、历史学家、作曲家、建筑学家……雷耶斯的年龄最小，但是，热情高、悟性好、勤奋、态度认真，这些品格让他学到了大量知识。他也认识到自己很可能要继承并发扬光大这份“财富”的责任，所以做了大量笔记和心得札记。尤其是在那么年轻的时候，就学会了正确的治学方法：博览群书与学有专攻结合，高度重视事物的复杂性、变异性，拒绝线性思维和简单、片面、偏激、极端的表现方式，十分重视人文科学之间互相渗透的关系，等等。

此外，雷耶斯还有三位“伟大的导师”，那就是墨西哥大革命（1910 年爆发）、欧洲第一次世界大战（1914 年爆发）以及俄国十月革命的胜利（1917）。墨西哥大革命的起因是各派政治力量和农民一道奋起反对波尔费力奥·迪亚斯的独裁统治，后来演变成各派争权夺利的内战，战争持续了二十四年之久。雷耶斯的父亲是新莱昂州州长和军事长官，他坚决反对迪亚斯总统的独裁专制，后来在内战中被打死。雷耶斯对独裁统治深恶痛绝，他逃亡法国后，在日记中写道："我就是为了自由才来到巴黎的。"他还看到了墨西哥农民在大革命中显示出来的力量，因此在《马德里画稿》中时时流露出对生活在悲惨世界的人们的理解和同情。

第一次世界大战期间，雷耶斯是在西班牙度过的，他非常关心战事发展的情况，《马德里画稿》的字里行间充满了诗情画意，多处提及和平、宁静、和谐的社会氛围，主张建设城市，疏浚河流，修桥铺路，大力发展教育。在作者骨子里，十分明白世界大战的破坏性、野蛮性和危险性。因此，他对俄国十月革命也是持观望态度的。纵观人类文化发展史，雷耶斯看到战争、动乱、暴力代表着野蛮力量，在摧毁腐朽的政治制度的同时，也严重破坏了文明建设的成果。建设需要像绣花一样精雕细刻、一针一线地进行，而破坏则可以用一把火、一阵枪炮让古建筑在瞬间消失。雷耶斯是一介书生，他多才多艺，博学又有专攻；主张"艺术无国籍"和世界主义，希望天下太平、人人和睦相处。这些理想非常浪漫和美好。但是，马德里的穷人、乞丐、残疾人所处的地狱般的社会，让他感到绝望。出路何在呀？

阿尔丰索·雷耶斯 1959 年逝世，他给人类留下了大量文化遗产。从他的文学、历史、哲学、社会学等大量著作中，我们可以看到他的智慧、才干、艺术水平和语言、文体风格方面的深厚修养。对于刚刚进入佳境的中国与拉美友好关系，雷耶斯为我们提供了墨西哥与西班牙、巴西、阿根廷、乌拉圭、智利文化交流的经验，更为我们打开了西语文化界的心灵窗口。交人先交心。没有互相理解和信任的前提，仅仅迷信“美元外交”，肯定会遇到大麻烦，君不见“胡萝卜加大棒”的外交政策是怎么失败的吗？

《马德里画稿》是雷耶斯第一部进入中国的作品。希望这是中国读者认识雷耶斯的良好开端。

赵德明

2015年2月5日

北京大学燕北园

序

阿尔丰索·雷耶斯（Alfonso Reyes，1889—1959）在西班牙长期逗留，这在各种意义上都有冒险性。在西班牙，他巩固了文学刚刚为他带来的声望，因为1911年巴黎出版了他的第一本书《美学问题》。但也是在西班牙，他不得不直面少年时就理想化的思想——自由。一方面阿尔丰索·雷耶斯此前试探过留学国外的可能性；另外一方面，由于年少胆小和足不出户影响了他接受远方导师、多米尼加教授、文学史专家佩德罗·恩里克·乌雷尼亚的指点和对他的要求。但是，最后，他还是离开了墨西哥。只是此次冒险行动有着比他起初设想的意义更复杂的变数。

这位出生在墨西哥蒙特雷市的作家，是从法兰西来到西班牙的，法国让他度过了政治流亡初期的生活。1913年2月9日，他父亲贝尔纳多·雷耶斯将军企图占领墨西哥总统府国家宫并推翻弗朗西斯科·马德罗政权，结果未遂，战死。阿尔丰索·雷耶斯在巴黎表示，他要脱离维克多利亚诺·乌尔塔政权，因为这个政权是镇压人民的象征。看上去，这似乎不合逻辑，因为乌尔塔将军是真正推翻马德罗的人，可是阿尔丰索·雷耶斯拒绝给乌尔塔将军当私人秘书，但却担任墨西哥驻法国使团外交官。他既在体制内又在体制外。他是个次要棋子，几乎是无名小卒。但也是多亏了这样的条件，就在他接受这一潜规则（政府常常把派遣驻外使节当作一种变相的流放）的同时，雷耶斯着手规划自己的文学道路了。1914 年，流亡生活已经变得明白无误了，因为除了他在政治和文化上开始被文雅地边缘化之外，又增加了第一次世界大战爆发造成的失业和经济拮据。这时乌尔塔政权已经垮台。新首脑是贝努斯蒂亚诺·卡兰萨，人称“护法军第一首领”，他不承认从前派遣到欧洲的任何墨西哥使团的合法性，这是为了避免与对立派系有任何他不愿意看到的瓜葛，简而言之，避免政治上的误解。这让阿尔丰索·雷耶斯始料不及，他感觉需要（莫非心里不愿意吗？）马上向欧洲南方转移，打算真正圆上那遥远的梦想：依靠文学创作生活。

阿尔丰索的哥哥罗多尔夫曾经被乌尔塔政权拉进内阁，当了司法部长。乌尔塔政权垮台后，他自然被新政权逮捕，后来被驱逐出境，居住在西班牙北部海滨城市圣塞瓦斯蒂安。阿尔丰索在哥哥家做短暂停留之后，前往马德里，打算像另外一位墨西哥作家胡安·鲁伊兹·德·阿拉尔孔[1]那样“围攻”马德里。此前，通过西班牙文学经典名著和西班牙画家，阿尔丰索对西班牙

① 胡安·鲁伊兹·德·阿拉尔孔（Juan Ruiz de Alatcón，1581—1639），著名戏剧家。——译注

有所了解。在法国，他曾经与当时在法国有争议和举足轻重的西班牙文化学者雷蒙·福切－德波斯以及恩埃斯特·马丁内斯有过交往。此外，在墨西哥蒙特雷市、阿尔丰索的家乡，其父母亲家距离西班牙侨民区很近。阿尔丰索本人出生那一天正值圣帕斯库亚尔·百隆圣徒日，也就是说，他与西班牙国王阿尔丰索十三世（1886—1941）是同一天出生，但是比国王晚了三年，因此在这个意义上早就写入西班牙历史中了。可是墨西哥驻外使团不幸关门（这影响了一大批同乡的生存，比如墨西哥著名诗人阿玛多·内尔沃），却给阿尔丰索·雷耶斯提供了机会，不仅是与古老的西班牙接触的机会，而且是与主要集中在马德里的文化人士、骚动的知识分子建立了联系。

阿尔丰索·雷耶斯在马德里的长期居住分为两个阶段：第一阶段是从1914年底到1919年底，仅仅依靠文学劳作维持生计，按照他的说法就是“贫困交加，自由自在”；第二阶段是从1920年到1924年，经济上比较宽裕，因为他又回到了外交队伍。后来，阿尔丰索·雷耶斯把他在马德里的文学活动，按照居住过的街道和住宅分为四大类，这些地方有的是与家人住在一起，有的是与下列拉丁美洲作家分享住宅：何塞·马里亚·查贡·伊·卡尔沃、安东尼奥·索拉林德、马丁·路易斯·古斯曼、赫苏斯·阿塞维多、佩德罗·恩里克·乌雷尼亚，还有其他欧美两大陆的著名作家、语言学家，阿尔丰索·雷耶斯认为这些人士是真正西班牙美洲主义的“晶体”。阿尔丰索在逐渐接近西班牙的精神心脏，广义地迷恋西班牙文化，一方面这对他而言是生活和职业使然，另外一方面也与城市建设的秩序有关系。因此，阿尔丰索一边越来越深入西班牙的生活（前面说过，西班牙对他来说绝对是陌生和崭新的），一边在越来越接近马德里心脏的同时，日益深入到西班牙的灵魂深处去。

按照阿尔丰索选择的方式，第一个住处是在何塞·马利亚·德·托里赫斯大街（今天的贝尼亚威尔伯爵大街），托里赫斯和与他同时代的哈维尔·米纳或者塞尔万多·特雷沙·德·米尔修士一样，都是马德里主张美洲独立的人士。在这个住处，阿尔丰索写完了《阿纳瓦克幻景》（1917年在哥斯达黎加出版），在《西班牙语言学杂志》上发表了一系列研究西班牙黄金时代伟大诗人贡戈拉和散文大师格拉西安的文章，还为《太阳日报》《西方杂志》、福切－德波斯领导的法国《西班牙文化杂志》撰写文学方面的稿件以及为哈瓦那和纽约的报纸杂志撰稿。后来，阿尔丰索·雷耶斯迁居到巴尔迪利亚斯将军大街，这个住处仍在萨拉曼卡居民区内，距离第一个住处有两个街区之遥，向马德里市中心又靠近了一步（一位军人是他的邻居，他是西班牙加利西亚地区人，名叫巴列－因克兰[①]），但这时属于自由派追求的圈子。与巴尔迪利亚斯将军大街交叉的另外一条大街，恰恰是纪念塞维利亚修道士阿尔贝托·罗德里格斯·利斯塔·伊·阿拉贡（1775—

① 巴列-因克兰（Ramón María del Valle-Inclán，1866—1936），西班牙著名作家。——译注

1848）的街道，此人年轻有为，学识渊博，是诗人和马德里文学协会成员，他深刻的自由主义思想吸引了大批外来的流亡者。阿尔丰索在巴尔迪利亚斯将军大街的住所里，除去继续加紧学术研究和为报刊撰稿之外，还为散文集《自杀》（1917）加一些“调味品”，准备付印；这个集子收入了他在墨西哥、巴黎和马德里写下的散文。在巴尔迪利亚斯将军大街拐角处，在前面提到过的那条罗德里格斯·利斯塔大街（今天称之为奥尔特加·伊·加塞特大街）上，还居住着一位马德里那时有趣的人物——路易丝·贡特雷拉斯，此人是19世纪末20世纪初最能理解阿尔丰索经济状况和情绪的人之一，是著名的翻译家，译过安纳托尔·法朗士[①]的作品，短暂地担任过《新杂志》[②]主编。指出阿尔丰索和路易丝·贡特雷拉斯之间的友谊和职业关系，是很重要的，因为贡特雷拉斯帮助阿尔丰索广泛开展了一系列文学活动：翻译工作，尤其是翻译了英语世界的作家作品。阿尔丰索最后住所的地址（这时已经恢复了外交生涯，精神状态与最初刚到欧洲时完全两样）是繁华的塞拉诺大街的豪宅，对于墨西哥人来讲，历史上塞拉诺这名字十分响亮[③]。阿尔丰索的住宅仍然属于马德里新区的萨拉曼卡居民三角区内。在这个时期，阿尔丰索要把很多时间投入到外交活动中，

① 安纳托尔·法朗士（Anatole France，1844—1924），法国大作家，诺贝尔文学奖获得者。——译注

② 请见雷耶斯的文章：《新杂志的健身房》（《阿尔丰索·雷耶斯全集》第四卷，墨西哥文化经济基金出版，1956年，第360—362页）。——原书注

③ 可能因为此人担任过驻古巴总督，兼管墨西哥事务。——译注

但是文学创作依然笔耕不辍，各种各样的研究成果和西班牙印象记纷纷问世:《猎手》(1921年马德里出版)、《好感和差异》(五个系列文章,1921—1922年马德里出版)、《真实和想象的画像》(1920年墨西哥出版)、《日晷》(1924年)。也是在这段时间里，阿尔丰索完成了第一部诗作:《足迹》(1922年墨西哥出版)。他在扼要地叙述了自己的住处之后，作出如下概述:

> **大家看到了，这里出现了许许多多将军的名字：这是天意啊。**[①]

或许我应该加上这么一句：还有许多广义的圣徒和修道士的名字。但实际上，阿尔丰索在马德里居住过的地方有四处，的的确确是忙忙碌碌地生活过的四个地方。第一处当然是老市中心，那里到处是文学和历史的典故，不仅是马德里的，而且是全西班牙的；到处可以听到莫萨拉贝人[②]和来自美洲的回音。如此直接进入西班牙文化的精髓，很容易感情冲动，在某种程度上，容易停留在表面印象上。这是当时另外一位墨西哥作家的坦率说法，此人名叫路易斯·加西亚·乌尔比纳，指的是他流亡西班牙初期写下的第一批记事文章——事情发生在避难居民区的鲜鱼巷与波

---

① 《我的图书资料史》，墨西哥大学出版，1955年，第九卷，第13页。——原书注

② 莫萨拉贝人，居住在西班牙南方的摩尔人中间的基督徒。——译注

旁家族的老马德里圣塔安娜广场之间[①]。但是，阿尔丰索还不得不怀着恐惧的心理直面世界大战的氛围以及第一次需要依靠脑力劳动维持生计这一不可避免的现实负担，这在他心里留下了一道抹不去的划痕。他喜欢西班牙大画家戈雅的作品，估计是在墨西哥通过质量一般的印刷品认识了那两张面孔迥然不同、但同时又非常近似的作品，在阿尔丰索看来，这是自然的事，因为他从一开始就掉进了那口煎熬着一个民族灵魂的热锅里了。

阿尔丰索·雷耶斯在评论西班牙伟大诗人贡戈拉的一首歌谣（好像是“在叙述自己的乡下生活”）[②]时，引进两个理由，表面上二者对立，实际上互相补充，完成了一幅西班牙用黑白手法绘制的图画：

> 评论界在这首歌谣里发现了类似法国寓言诗人拉封丹的口气。歌谣的开始令人回想起戈雅笔下的《猎人》，就是挂在布拉多美术馆的那幅壁毯画。但是，这首歌谣里有点尚可容忍的俗气。[③]

---

① 雷耶斯在他这本书的序言中认为：“本书仅仅是速写散记，见证了我在马德里看到的最表面的东西……视网膜最初的偏见。”（《阿尔丰索·雷耶斯全集》第二卷，墨西哥文化经济基金出版，1956年，第47页）。——原书注

② 《阿尔丰索·雷耶斯全集》第七卷，墨西哥文化经济基金出版，1958年，第177页。——原书注

③ 《阿尔丰索·雷耶斯全集》第七卷，墨西哥文化经济基金出版，1958年，第177页。——原书注

阿尔丰索·雷耶斯涉足西班牙文化开始时的心态是，看见什么就抓什么。他第一次到马德里，看见的就是戈雅蚀刻画上的西班牙风光，也就是作家何塞·古铁雷斯·索拉纳那几年精彩描绘的景色。《马德里画稿》(1917年墨西哥出版)第一版的封面就复制了戈雅《狂想曲》中的《上帝饶恕她吧：她做过母亲啊》，这绝非偶然。书中展示的《玛哈》[1]，画中人身材苗条，气质秀丽，可能是从布拉多美术馆的某个彩色壁毯上复制下来的，表现出人类对极为残暴的行为的蔑视。玛哈姑娘幸运地发了财，她做的头一件事就是否认自己的全部历史，首先否认她母亲的过去。《马德里画稿》开篇之前就是祝酒词："我的墨西哥和马德里的朋友们：干杯！"第一篇文章是记事：《盲人地狱》。这个题目以及随后的几篇文章像是从戈雅献给人类最出格的悲惨世界的蚀刻画上取下来的。但是，阿尔丰索文字所涉及的画面，仅仅是浓缩了日常生活的千姿百态，其情其景至今在马德里的一些老街上可见。阿尔丰索来到这座西班牙的王宫重镇(指马德里，在曼努埃尔·阿萨尼亚总统密切注视下，阿尔丰索一度自称是"志愿者")的最初几天，忙于在老城里寻找下榻之处的经历，被他用蚀刻画法写进了这些小小的画稿上。后来负责出版《马德里画稿》的编辑胡里奥·托里和曼努埃尔·杜桑在墨西哥城认为阿尔丰索笔下的画

① 《玛哈》，戈雅名作。——译注

面与戈雅笔下的场景是一致的。

阿尔丰索·雷耶斯在他的《日记（1911—1930）》（1969年墨西哥出版）里关于西班牙内容（或者确切地说关于在西班牙生活期间）的篇幅很少，其中描写了他第一次与西班牙知识界接触的情况，在很短的文字里，使用一出说唱剧的旁白和标题作为开头：

> 文化协会的下午。冒失的小精灵剧团。刚刚与迪耶斯-卡内多建立友谊关系，他懂墨西哥文学。在读书俱乐部，他把我介绍给奥赛瓦尔，为的是编纂一套经典作家丛书，让我准备鲁伊兹·德·阿拉尔孔（1581— 1639，西班牙著名戏剧家）的作品。颇有骑士风度的奥赛瓦尔一边接待我们，一边急忙喝光牛奶。奥赛瓦尔身旁坐着另外一位留着法国式（确切地说是希腊式）胡须的男子：胡安·拉蒙·希梅内斯。后者面色红润，有些紧张，懂得一些奇奇怪怪的医学知识，是从一些奇奇怪怪的疾病上得知的。他看着我的眼神里有不信任和害怕的神色。[1]

但这场短暂的误会是老早发生的，仅仅几行文字罢了，是次日夜里记录的，除去有些神秘感，更接近大作家克维多（1580—1645）笔下充斥的街头闲话的风格：

---

① 阿尔丰索·雷耶斯:《日记（1911—1930）》，墨西哥，瓜纳华托大学出版，1969年，第39页。——原书注

马德里剧场：观众满脸横肉，有伤疤，大呼小叫，说下流话。地痞在骂女歌手。阿多查街上的谩骂，如同阿尔卡拉大街上的恭维，都是性压抑、胡思乱想的结果。

花一块钱，十二个舞女上台，一个接着一个，或者两个接着两个，推推搡搡，跳着下流淫荡的舞蹈。唱得不好，跳得一般。有一个女孩能歌善舞，众人喝彩。若是让道连·格雷[①]发现，定会跟她结婚。那女孩全神贯注地跳舞，对观众的喊声置若罔闻。她喉咙疼痛，眼神迷茫。再有的就是躲避夜幕的女服务员，刚刚上道的可怜姑娘，踏上了卖淫的路。嫖客虐待她们的时候，还能媚笑。[②]

这种黑白画法在反差中摇来晃去的笔调，从一处住所搬到另外一处住所——阿尔丰索·雷耶斯这样写道——像是从《小癞子》[③]走进了《马德里画稿》。此次进入马德里古老心脏的冒险之旅，短暂地留下一道痕迹，阿尔丰索·雷耶斯通过一行行文字投射（如果可以这么说的话）给读者；痕迹上充满了亮色，但也晃动着奇形怪状、永远的黑影。前面提到过的记事题目如同西班牙

① 道连·格雷，王尔德的小说《道连·格雷的画像》中的主人公。——译注

② 阿尔丰索·雷耶斯：《日记（1911—1930）》，墨西哥，瓜纳华托大学出版，1969年，第38—39页。——原书注

③ 《小癞子》，西班牙流浪汉体小说。——译注

各式各样的扇骨，一旦打开扇子，就会慢慢展示出一幅幅具有民族特色的风景画。实际上，这种扇子就是整个马德里的取景器，背景是圣伊西德罗大草原。只不过雷耶斯与戈雅的思路相反，他从收集圣彼得旧教堂、圣方济各教堂、日耳曼圣安东尼奥教堂的穹顶景象入手；耳闻目睹，仔细观察阿尔卡拉大街或者阿多查街道上发生的一切，再溜进灯光稀少、宁静的居民区和小胡同，为的是最后“确认”一下戈雅画面上近景的亮色。在阿尔丰索·雷耶斯看来，画面上除了老百姓过节的场面，还浓缩着西班牙人的文化生活，最后立体派艺术出现（在西班牙刚刚露头）的同时，出现了掌控着新卡斯蒂亚地区古老风景，在弗朗西斯科·希内尔①、曼努埃尔·巴尔托洛梅·克西奥②以及拉蒙·梅嫩德斯·皮达尔③看来令人敬畏、几乎是伟人般的山峦；而在墨西哥文化团体的成员看来，在某种程度上等于是阿纳瓦克火山区般重要的元素。当然，这重要元素，我说的是瓜达拉马山和曼萨纳莱斯山④，按照克维多的说法，就是“大河上游的小溪”。后来，

---

① 弗朗西斯科·希内尔（Francisco Ginerde los Ríos，1839—1915），西班牙著名作家、哲学家、教育家。——译注

② 曼努埃尔·巴尔托洛梅·克西奥（Manuel Bartolomé Cossío，1857—1935），西班牙教育家、艺术史专家。——译注

③ 拉蒙·梅嫩德斯·皮达尔（Ramón Menéndez Pidal，1869—1968），西班牙语言学家、历史学家、民俗学家。——译注

①②③ 请看《新年回忆》(《雷耶斯全集》第四卷，第 393—397 页)。——原书注

④ 瓜达拉马山和曼萨纳莱斯山，西班牙中部和南部的两条山脉。——译注

雷耶斯在马德里各个街区逗留，为他的文学创作找到了很多说辞。例如，医学家、小说家费利佩·特里戈猝死在里内阿市（马德里郊区现代城市建设项目阿尔图罗·索里亚大街就是为了纪念这个项目的设计师）就成为阿尔丰索散文《自杀》的结尾细节，该书“闲扯”的是人类行为，里面的近景是研究忧郁心理的问题，这与流亡生活有联系，是英国有影响的散文家罗伯特·布尔顿（Robert Burton，1576—1639）感兴趣的科学和文学之间的话题。

总之，中央大道刚刚看到的林荫道、有轨电车、马车以及在内战前就保持下来的建筑物和广场（一些西班牙语著名作家笔下习惯抒写的对象），这样的马德里以及戈麦斯·塞尔纳①、巴列－因克兰、奥尔特加·伊·加塞特、阿萨尼亚、大学生公寓和把许多知识分子凝聚起来的聊天会（后来创建了第二共和国）笔下的马德里，就是阿尔丰索（以及他的同代人、摄影师阿尔丰索和漫画家巴嘎利亚）在《马德里画稿》描绘的马德里。这本“写景”之作，不是游记，而是长期居住的笔记，是阿尔丰索后来一一写在著作中、发表在报刊上的许多充满诗情画意、渊博知识文章的背景；但是也意味着他第一次正式走进“特殊而骄傲的欧洲”——这是阿尔丰索给西班牙下的结论。可以更具体地说，阿尔丰索·雷耶斯用下面一段文字证明了那时热闹的马德里具有多么重要的文化和精神价值：

---

① 戈麦斯·塞尔纳（Ramón Gómez de la Serna，1888—1963），西班牙先锋派作家。——译注

那是什么样的马德里啊！那是西班牙中部卡尔佩塔尼亚山脉脚下的雅典娜神庙啊！我在马德里的那段生活，奇特和犹如天助般地百分百符合我要求解放的愿望。那时我想独立自主，而不是跟着别人的意志走路。感谢马德里成全了我。那时我从圣塞瓦斯蒂安动身前往马德里，我能感受到歌德乘车去魏玛的心情。[①]

艾克多尔·佩雷阿

1989年8月

墨西哥城

① 《我的图书资料史》，墨西哥大学出版，1955年，第九卷，第6页。——原书注

马德里画稿【1914—1917】

我的墨西哥和马德里的朋友们：

干杯！

戈蒂埃[①]当上诗人之前是画家，时常抱怨我们的文明缺乏鲜艳的色彩。戈蒂埃之后，有色彩的最新文学理论都站不住脚了：的确，难道还有什么东西能比地方色彩理论更加威信扫地的吗？咱们来找一找视线之外的现实吧。画家们自己开始蔑视目光所及的自然主义素材了；立体派画家重视手的作用，重视外形的肌肉感。我们的文明像个禁欲主义者那样，似乎不无欣喜地喊道：“我失去了洞察力啊！”

第一次对眼睛、对视觉客体的冲击始于文字的发现：一个线条一旦具有象形文字的意图，就为智力赢得了对感觉来说是失去的东西。[②]请各位看看博物馆的展厅吧！你们会发现，可怜的人们都会因为阅读展品下方的文字说明而忽视了展品。如果取消了

---

① 戈蒂埃（Théophile Gautier，1811—1872），法国浪漫派诗人。——译注

② 意思是：从感性认识到理性认识是认识的提升。——译注

文字说明，那损失也不大。同理，男子汉不满足于让我们看到表面，他们更希望我们能看懂他们的内心。

我不怀疑你们也会有这样的感情，至少是相对如此。我不怀疑你们会觉得这本速写画稿过于单薄，它见证了我在马德里看到的表面现象。需要我向各位保证我对马德里的解读不会就此停步吗？需要我向各位说明本书仅仅打算收集我眼球的最初偏见、那些吸引我这个游客眼球的最初和最基本的方方面面吗？那时候，我慢慢地相信鹦或者莲花是文字了，而文字排列在一起就有了需要解读的含义。与此同时，我仅仅是在把玩鹦和莲花。对这一初次品尝所产生的某种苦涩，我不负责任。朋友们，请你们考虑考虑：我这些速记是深夜写的，白天我独自一人跑遍了马德里的小旅馆，不知道我来这里做什么，而我的心还在回忆墨西哥那些遥远的往事呢。

1917 年 5 月，马德里

I　盲人的地狱

求圣卢西亚把我们从滴水般的死寂中解救出来……

盲人和马德里的街道是一座单独的建筑物：如同两个必不可少的理念那样和睦共处。假如街道上没有盲人，那就如同一张面孔上没有鼻子。盲人既是街道上的女像柱，又是街道上的寄生虫：盲人让街道感到坚固，又依赖街道生活。盲人是街道最敏感的部分，给街道传导激情。盲人好像是中世纪的残存物（几个世纪以来，老百姓唱着《死神之舞》，精神抖擞），迎接上来，吓你们一跳。

阿尔卡拉大街上有个独臂人，他求乞的方式是给抽烟的人点火。他聚精会神地观察时机，有人把香烟送到嘴巴上的时候，他立即点燃火柴棍。有机会的概率很小：稍稍犹豫，机会就错过去了，稍有风吹，小钱就没了。还有，远处那位老太婆，可能是块神圣的遗骨，如今站在咖啡馆门口，唱着轻佻的歌谣。还有个老头子，尖声吼叫，没腔没调地唱着可怕的命运：

什么真话，我不想听；什么劝告，给我的是伤害……

有弹吉他的盲人，有盲人组成的乐队，有盲人歌手，有盲人朗诵人，有单纯的乞讨者，还有唱赞美诗的盲人，也有叫骂不停的盲人。总之，有塞万提斯说的“睁眼祈祷上帝的人们”——假瞎子。

马车大街上那位盲人，用一种纯正和古老的冷酷态度，把自己心中的痛苦吐在行人的脸上，这话说得简捷、明快：

兄弟们呀，没有什么痛苦能跟见过世界，却再也看不见世界相比得了。

（但丁如果在世，肯定会把这句话插入到他的三行诗中间。）

有的盲人由儿童、妇女陪伴；有的盲人特立独行，走路踉踉跄跄，似乎在寻找慈善协会。有的盲人由那忠实的动物引路，就是那位宫廷小丑忘记的唯一东西——导盲犬。

失明是看阳光的结果吗？听说是这个民族把失明当作一株绝妙的恶之花种植出来的。

我们这些瞎子被人们当成妖怪，看不见世界上的任何事物。

20世纪早期的阿尔卡拉大街

他们这样唱着十四世纪大诗人胡安·鲁伊兹·伊塔大祭司[1]为盲人写下的诗句。

① 胡安·鲁伊兹·伊塔大祭司（Juan Ruiz，Arcipreste de Hita，1284—1351），西班牙中世纪作家，代表作为《真爱之书》。——译注

II　乞丐们的荣耀

这个国家对人的根本性伤害来自流氓无赖行径，这是西班牙不满现状者的老生常谈。他们说，流氓无赖行径体现在政治家有害的精明上，体现在老百姓天生的诡辩能力上，甚至体现在世袭的“神学”上。但是，这一行径毫无争议地获得突出地位之地，甚至具有悲剧色彩的地方，也是使用骗术最快之地，即使用这一荒谬恰似悖论的地方：就是郊区长期有不吃饭的习惯。

当战功歌里的英雄说人们是“唠唠叨叨的百姓”，或者当现代诗人叱骂百姓是“饿死鬼”的时候，二者都是出于某种更高目的，企图把那种消耗掉的精力引导到节省粮食上去。但是，流氓无赖行径依旧存在，高级的无赖行径依然快乐逍遥。饿鬼把面包渣子撒在胡子上，告诉人们他已经吃饱了，但是披风里面穿着破旧的裤子。人们早就把那“西班牙流浪汉小说”（表现生活艰难的意象）毫不夸张地称为“饥饿史诗”了。

但是，有一天，小癞子累了，花招用尽了，傲气输光了，艰难的生存打倒了弱者。撒谎捞不到好处，于是，说真话还比较有用。要饭的源头可能来自疲倦的流氓。

求人发发慈悲，可能恬不知耻，可能不舒服，但是，要饭是诚实的（到了纯粹理性的天国里，也算是诚实行为），要饭还是直截了当的。求乞行为是一切讲究功利的活动中最重要的部分。也许你们所说的劳动、可以赚钱的工作，仅仅是围绕着这一赤裸裸的想法：伸手要钱的流氓魔术。这样的话，为吃饭而干活比起求乞来，有社会意义上的好处，也有假话面对真话常有的道德上之坏处。为此应该把乞丐看作一种社会堕落，但也是流氓在道德意义上的改邪归正。如果你们在城里街道上把乞丐看成昔日赌场的老千，其原因恐怕是老百姓在进行道德自我规范吧。

求乞的冲动戳穿了某些人企图掩饰求乞时的伪装：街头商贩不把东西直接出售给你，而是把彩票或者报纸硬塞给你，要求你施舍。经常可以看到农夫把耕牛和犁杖放下，伸手向过路的骑士要钱：这是我愿意为重农主义的先生们提供的一个象征。因为尽管土地可能就是财源，但捞钱的基本活动永远是伸手，是要钱。

西班牙著名戏剧家胡安·鲁伊兹·德·阿拉尔孔对此心知肚明。我发现他的代表作《隔墙有耳》里有这样一些诗句可以证明我的话：

因为你能在什么地方找到：
不伸手要钱的男男女女呢？
当你听到卖麻布的喊叫：麻布！

他对你说：要我的麻布就掏钱。
布贩子明白无误、直言不讳：
掏钱吧！你愿意拿什么就拿吧。
根据我的猜测，人人是伸手派；
为活着，有给予，有索取，
每人都有自己的生活道路：
教堂司事高举神圣十字架，
神父表情凝重手捧安魂经，
魔鬼露出自家本来的面目，
脚夫亮出看家的本钱：肌肉，
法警手持维持秩序的权杖，
书记拿着记录证言鹅毛笔，
当官的在后门收大把钞票，
漂亮娘们凭靓丽面皮一张。

III 怪物的理论

众所周知，西班牙大画家戈雅（1746—1828）画过怪物，戈雅之前，大画家委拉斯开兹（1599—1660）也画过。委拉斯开兹这位颇有理智之士，居然乐于绘画那些黄昏时分出没的反常丑类（如果值得为他们赘言的话）；他有意识画怪物，仿佛它们是美的楷模。戈雅常常过度兴奋，一旦发现日常中的怪物，就紧张地对待它们，好像它们真的出了轨。委拉斯开兹认为这是自然而然的游戏，戈雅则认为怪物是大自然的产物，只是有这样那样的掩饰而已。

实际上，这类亵渎神明和残忍的幽默怪物是后来才有的，并非来自文艺复兴。画家与画家之间都有各自美学理念的追求。

如果游客去贫民窟散步，也许会撞上一种畸形理论的产物。游客按照委拉斯开兹的方式，怀着贵族式的关怀，一开始会欣赏到一个、两个、三个怪物。他会看到侏儒、断胳膊、假腿、脸像怪鸟、瞳孔蒙眬的人们一一走过去。总之，脑海里的印象会放大到惊异的程度。游客不相信自己看到了怪物，而是看到了一种魔鬼般的生活。从委拉斯开兹到戈雅，认识逐渐加深。生存本身越来越有了悲惨世界的样子，线性的生活出了怪相，世界变得十分丑陋。于是，悲观主义情绪，空洞、没有原则的悲观主义问世：仅仅是来自视觉、触觉、整个肌肉的感觉，就悲叹不已。

有些地方的百姓犹如西班牙国王般的残忍：他们嘲笑畸形人，强迫畸形人上演恶作剧。他们一起都染上了疾病，但不叫苦。他们感觉有伤痛，却装作发痒。这些都是国民心理幼稚的表现。对丑类有兴趣，与破坏欲有关系。每个孩子都像童年歌德一样淘气，有破坏欲：从自家阳台上把厨房里的全部陶瓷扔到外面去。毁坏玩具和嘲笑别人笨拙，都是孩童意识。就算是他们感觉地狱里一片火红，也唤醒不了那懵懂、迟钝的感觉。法国大作家拉伯雷笔下的母驴踢伤了骑在它身上的修士，老百姓像不知痛苦为何物的王子那样哈哈大笑。杨格族人敲打着肚皮……哦，哦，奇诺[1]！奇诺！没人拿戏中的驼背丑角当回事。

---

① 奇诺，法国木偶戏中的驼背小丑的名字。——译注

Ⅳ 民族的节日

马德里阿尔卡拉大街，常有送葬的队伍出现，好像是去看斗牛，其实是前往墓地。有人徒步，有人乘车，是租赁的马车，是旅馆的车，甚至是垃圾车。人民之子，望着队伍走过，不悲痛，不恐惧；脱帽致敬，亲切地欣赏着灵柩，好像听到了可以反映他纯洁内心片段的祈祷声：

"走好！"

他仿佛在问候邻居："走好！"死者永远是不变的朋友。每天他都在想念死者，每天他都看到死者从主要的大街上走过，或许街道的名字就是为了纪念他的。走好！逝去的故人，昨天和明天的死者。

送葬的队伍走到了墓地。队伍返程的时候，在商业街停下来。送葬的人高兴起来了，有人弹起了吉他。这是一场悄悄的狂欢，是送葬后的狂欢，颇有特色。（请读者回忆：《魔影》中是不是有荒唐的民谣插入？歌词里充满了"刽子手""墓地"之类的字眼。）队伍继续前进，如同一首永久性、没寓意的寓言：总有人陪同死人前进，总有人抱着吉他返回。

用亲切的目光审视死亡，哪里有死神的身影啊？主张禁欲的民族认为，去墓地如同过节，是百姓的节日。

有一次，研究西班牙小说的专家弗朗西斯科·阿·德·伊卡萨对我说：

“人们总是把爱情和死亡联系起来；但是，把死亡和欢笑联系起来的，是这样一个民族：他们蔑视痛苦，蔑视忙忙碌碌的生活。在意大利文艺复兴时期的小说里，有这样的故事：快乐的教士与轻佻的修女千方百计重复恶作剧的主题。在法兰西，纯文学故事总是掺杂着艳情因素。只是在西班牙才有一种关于死亡的荒诞文学，才有关于弥留之际的人讲述出来的妙语连珠之书。这一传统没有消失。”

下面有三个故事。

文图拉·德·拉·维卡在上天堂之前，把至爱亲朋召集起来，他要吐露自己一生的秘密。大家等着他说出一些可怕的故事来。

他这样忏悔道：“但丁在控告我！”

路易斯·塔博阿塔去世之前，把儿子叫到床前，吩咐道：“你去圣约瑟教堂，让神父给我送些圣油来！但是一定要好的，是给我用的。”

这是个斗牛学徒。他日日夜夜纠缠着师父、绰号“壁虎”的斗牛士，要求获得斗牛剑手称号。一天，师父的姑姑死了。姑姑如同亲妈。学徒对师父说，看在您姑姑的面子和她在天之灵的分上，让我出徒当个剑手吧！师父心软了，同意了他的请求。轮到这位新手的第一头斗牛，竟然是个头号壮牛，它的犄角就是杀人的快刀呀。助手来帮忙，为他斗牛做好准备。然后，喊道：

“上吧！”

学徒出场了。他心里知道打不过壮牛，相信会被壮牛顶伤，但还是下定决心豁出去了。他回头瞅瞅师父，于是发现“壁虎”胳膊上戴着黑布，身穿金黑色衣裳，想起来师父是给姑姑穿孝的。在动身之前，还有一点儿时间，心里说，振作起来嘛！权当玩命吧，他喊道：

“师父，我给您姑姑捎点儿什么去呀？”

这是一个不怕死的民族，尤其是敢跟死神叫板。有时，死神让他们感到好笑。堂吉诃德的种种不幸、那些客人粗野的嘲笑，都让塞万提斯感到好笑。大作家阿索林巧妙地说过，那些不幸和嘲笑是思想感情的变化。西班牙大作家马特奥·阿雷曼在他的流浪汉小说《古斯曼·德·阿尔法拉切》里说，有个人走出客栈时笑得难以自制。您听听作者是怎么想的吧：“我以为会不会是天火烧毁了房子和家里的一切……或者至少……客栈的老板娘双脚被吊在橄榄树上，有人用鞭子抽了她一千下，把她给打死了吧：那么好笑总得有点儿意思吧。”

非得有点儿意思吗？为了地狱般的乐趣，竟然如此厚颜无耻吗？

这是一个不怕死的民族，尤其是敢于跟死神叫板。

在戈雅的《狂想曲》组画中，画面上有囚犯、病人、残疾人，还有一些沉重和令人注意的讽刺话，充满了恶狠狠的意思：

“你的痛苦很快要结束了……”

“你就要死了，太好啦！”

在戈雅那些黑色题材的画面上，那些满脸狡猾的老头子好像笑得很开心，开心得令人不能原谅：因为感觉恐怖而开心，因为是噩梦而开心，因为是鬼怪而开心；因为用狂欢的方式走向墓地而开心，因为要围着逝者整宿跳舞而开心。

瞧啊：那蝙蝠式的披风，秃鹫式的檐帽，干柴样的双手，尖嘴猴腮的脸盘，散发着臭气的愁云！

V 狂欢节

——四旬斋就此揭开序幕

咱们要给社会法律加上括号！参加狂欢节的人们遵守狂欢的卫生习惯，头戴面具，可以不拘礼节，在面具里面哈哈大笑。

在中世纪的诗歌里，有一位卡尔纳尔先生[1]，他一登场就是宰杀家畜。马德里现在的习惯做法是，今天是星期三，四旬斋的第一天，人们从教士手里接过圣灰烬，象征性地开始了狂欢节。

咱们直接穿过卡斯特亚那大街吧，不必注意那些官方的站在看台或者花车上的家属，他们无聊地东张西望（啊哦，没有音乐的狂欢节，真的很凄凉啊！），应该横渡曼萨纳雷斯河：离开马德里才能感受到马德里的堂皇。这里是维多利亚女皇大桥，那边是特哈喷泉。我们来到了一片大草原，几棵高大笔直、有尖尖枝条的树干巍然屹立在高雷西多尔大草原上。远处，皇宫的玻璃门窗闪烁着阳光，那是伊塞尔城堡怡景的范围。空气中散发着芳香的

① 卡尔纳尔先生，意味着“肉欲”。——译注

湿气，天气宣告了春季来临。

快乐的人们、化了妆的人群从四面八方拥来，人人作滑稽的朝圣状，令人想起英国大作家乔叟[①]故事。秋千和旋转木马炫耀着各自轻佻的样子。七彩花纸在空中颤抖，然后点缀着地面。盛大的烟火时不时地跃上天空。

有人敲打着铃铛过来了，那是狂欢节临终圣礼的队伍，领队是个庞然大物，看不出里面是人还是破布包裹。跟在大物后面的是一群男孩，他们用垃圾堆上的宝贝临时即兴胡乱化装出一张张鬼脸。这里、那里，在小丑穿的外衣上，黄色的金丝雀急切地跳来跳去。一些村姑女扮男装：男衬衫折磨着她们的乳房，高跟鞋让她们举步维艰，摇来晃去；向上微微翘起的小小脚丫，几乎消失在裤筒里。帽檐下，露出团团发卷；面具后面，一双双罪恶而欢乐的眼睛在窥视你们。

一些人在转圈，一些人互相追逐。那边有两个乡巴佬在搏斗，重复着十七世纪爱用警句和俏皮话的作家们所说的“用绞架”来试试魔鬼的运气。这有些像第一次世界大战前流行的柔道动作——“跳跃”。仅仅想象一下“绞架”就让人痛苦不堪，我发现在讲述花花公子的传奇故事里有类似的描写：“使用绞架，于是双脚吊在空中，双臂成为绳索。”

一个干干净净的小矮子——从前可能是个行为不端的纨绔

① 乔叟（Geoffrey Chaucer，1343—1400），英国诗人，代表作为《坎特伯雷故事集》。——译注

20世纪早期卡斯特亚那大街上的行人

子弟——被一种危险的好奇心吸引，穿过人群到了这块属于地狱的天下。他一路上跌跌撞撞，连连道歉，一路上制造了一千零一次礼节上的事故。

这场戏的确残酷，的确自由洒脱。看戏之前应该有精神准备，应该学会忍耐西班牙语骂人、伤人的话语，应该善于为蛮横的欺诈行为喝彩，为快乐的流氓笑话鼓掌。

这个民族荒唐可笑的天才，在此时此地充分爆发了活力。那位人民之子在排练种种过分雕琢的姿势，使出了浑身的弹跳力。这里有人发出疯狂和抒情的呐喊，有人说着没有理智、内容古怪荒唐的黑话。我听见有个小伙子冲着手持驴子面具的另外一个年轻人喊道：

“嗨！你！驴头！”

这句话的意思，我留给那些爱从坏处想别人的人去解读吧。

但是，最好还是尊重这句话本身破碎的意思吧，那小伙子是在开心时说出此话的。难道没有人追随这个天才的民族所做的跳跃动作吗？这里有因为发笑而做出的动物般的跳跃动作、摇撼动作和发泄怨气的动作；这里有粗鲁的玩笑、木偶式的表情和《塔拉塔琼巴》之歌。

忽然间，伤了风的号角声、号叫般的风笛声以及雷鸣般的鼓声从天而降。于是，跳舞（唯一有组织的活动）的人们同时动作起来，撒开的人肉网络震动着大草原。风笛手（天性好动）摇来晃去，眯缝着金黄的睫毛。

平民狂欢节的宝贵之处在于这是一种创造。这里的面具不是买来的，不是在店铺里制造的，化装的人也不想重复历史的故事。戴面具的人们仿佛从地心，从废料堆，从城市渣土、垃圾、粪便里钻出来的。的确如此，狂欢节的创造性就是从拾荒者的口袋里冒出来的。就是这一巧妙地捡拾别人丢弃之物的方法终于找到了充分和美好的理由：在那个最最智慧、或者说最最贫穷的寓言里，郊区那个男孩，借助那颗遗传的火星，把破礼帽戴得很低（压住耳朵），双腿插入衬衫袖子里，浑身裹着一块乞讨来的破布，一路跳动，来回转圈，最后来到狂欢节的草原上。

这个乞丐要么不穿衣裳，或者说纯粹是奇装异服——于是产生了一群简直可以打乱圣安东尼奥丰富想象力的怪物，要么是他自己发现了乔叟的悖论：干脆穿上要饭的服装！

这个场面如同尼德兰画家博斯[①]的画作，我们一面亲眼看着这个场面，一面想起博斯，与此同时这个场面像只黄蜂一样骚扰我们：马车下面，所有的害虫在用针尖般的嘴巴插入土壤；拼命吞噬粮食种子的害虫，睁开玻璃球样的小眼睛互相观望。但是，只要害虫一爬到在马车上来回摇晃的牧草垛，就会发生变态。上面有敲打着乐器的人物。有马车、男人、野兽和一些小怪物，正在火焰下方活动。这样一来，从平民狂欢节锻铁炉上（生活垃圾在烈火中混合在一起）看上去，似乎在观看联结魔鬼和人类的绳

---

① 博斯（Hieronymus Bosch，约1450—1516），尼德兰画家，代表作为《人间乐园》。——译注

梯，把人间和神秘世界混为一体。

这些人整天唱歌，整天喝酒，整天跳舞；到了夜间还要吵吵闹闹地返回大街上，围着街灯跳舞。假如各个种族比赛一下抵抗欢乐的力量……那么，哎哟！西班牙！哎哟！西班牙！

VI 曼萨纳雷斯河

早在几百年前，人们就嘲笑曼萨纳雷斯河，因为它是干河。每个节约水的人都会记得给曼萨纳雷斯河一点儿施舍。大作家克维多[①]在他写的一首诗中说道：

> 曼萨纳雷斯河，曼萨纳雷斯河啊！
> 你是向大河学习的潺潺小溪……

在流浪汉小说进化的过程中，男英雄让位给女英雄：主角不再是小癞子，而是曼萨纳雷斯河的特莱莎——特莱莎是河边洗衣妇的女儿。

十七世纪的时候，胡安·费尔南德斯市长设立了另外一处洗衣点（位于今天国防部的花园里），企图让人们忘记原来的洗衣点。大戏剧家迪尔索·德·莫利纳用他那可疑的审美力写出来的

① 克维多（Francisco de Quevedo，1580—1645），西班大作家。代表作有《梦》《骗子外传》等。——译注

曼萨纳雷斯河

啰里啰唆的诗句——玩弄爱情和肥皂泡的形象——在著名的喜剧《胡安·费尔南德斯的果园》里让人们回想起这个洗衣点：

真好啊，市长，
万花丛中，他指挥
玩肥皂的女人，
洗一洗爱情！

在那座果园里，如同在贵妇花园里一样，那是谈论文学的地方，大家评论新书和新演出的戏剧。

但是，谈恋爱的人们钟情于曼萨纳雷斯河，河边的小树林依然是情人们约会的角落。也许约会是在银楼大街商定的，但见面的地点是小树林。在那里，那位虚构文学的骗子，嘴巴里吐出可疑的真话，伪造出他那些美妙至极的婚约。

黎明时分，曼萨纳雷斯河是马德里的美景之一，清风梳理着岸边的高莎草，制造出一片静悄悄的水雾，闪现出银样的光辉。河岸上，洗衣妇们前后晃动，双手插入泡沫里，口中哼唱着传统的歌谣。大画家戈雅用他那优美的笔触复制出曼萨纳雷斯河盘绕而过的圣伊西特罗大草原。

这些干枯的河流刺激着象征性的感觉：它们像是大量出血而又不愿意止血的一种生命意象……

咱们别把话题扯远了：曼萨纳雷斯河是一条没有用处的河流。

应该把它利用起来，应该疏浚它。在这个社会动荡的日子里，交通问题严重，铁路票价上涨。家家户户议论纷纷，议会里争吵得乱哄哄。卡斯蒂利亚人的抱怨是有道理的，因为如果把产品送到港口，需要兜个大圈子，有的时候甚至运到西班牙境外，至少花掉双倍的运费。与此同时，曼萨纳雷斯河在做什么呢？它在唱歌，在冒水，在红土地的风景里闪烁着银色的光辉。

成人还保留着童年的本能，一看到有水流淌，就想造些纸船，放入水里。哎呀，想象一下法兰西那些可以通航的河流吧！假如曼萨纳雷斯是莱茵河，那该有多好啊！

胡思乱想没有用处。应该疏浚曼萨纳雷斯河。大诗人克维多，那位善于比喻的先生，可能会说：不知猴年马月，恐怕要拄着拐杖走路了。说实话，早在腓力二世时代（1527—1598），至少说过疏浚哈拉马河、塔霍河、曼萨纳雷斯河。直到今日，人们仅仅做了这位诗人说的话（我引用诗人的话，凭的是记忆），那时候西班牙建筑师胡安·德·埃雷拉——埃斯科里亚尔建筑群的主要设计师，修建了塞哥维亚大桥：没有给曼萨纳雷斯河注水，反而给它加上了几座沉重的大桥，结果压断了曼萨纳雷斯河的肋骨。

VII 曼萨纳雷斯河与瓜达拉马山

马德里谚语差不多是这样说的：九个月的冬天，三个月的地狱。哭吧！为三个月的地狱，哭吧！咱们哭吧！如同天空对准水面、雪地、冰面那样哭泣，那是在像怀孕期一样漫长的悔恨心情里的哭泣。流血的短暂夏日，臭气熏天，玷污了马德里人的灵魂。谁在马德里高原用皑皑白雪铺上了一块永恒的地毯呀！风景优美，空气清新。大画家委拉斯开兹在他肖像画的背景上，抓住了马德里的灵魂。诙谐有趣的是徜徉在戈雅风景画草原上的人们……走在皇宫的长廊上，从阿尔梅里亚阳台上远眺，可以欣赏马德里全景。

于是问题来了：为什么有粗野的人和沙哑的声音？为什么有乏味的笑话和下流的笑声？为什么会有一股仇视美的寒流，偷偷摸摸、隐隐约约，而又明确的寒流？为什么大部分人总是保持一副“深知一切”的样子？为什么引起人们的好奇心——对生命的审美和鉴赏——会让人们感到不舒服？竟然看作“打搅”？哦，这地狱的几个月啊！大地上到处是动物的下水、粪便和血液！懒惰生活的浪潮啊！低级、庸俗、恶作剧浪潮啊！曼萨纳雷斯河，你太可恶了！少数戏谑性嘲讽之作、流浪汉小说的脏水开始泛滥，真真可恶！

不乏优雅的身影，不乏朴素的线条和恰如其分的举手投足。也许很多人会有尊严地用食指轻轻捏住手套，就像巴尔塔萨尔·卡洛斯[①]那样文雅。英语说这是“绅士”，西班牙语说这是“有教养的人”。

不乏精英（哦，当然不乏精英！），不乏冬天之子！于是，随着生活的变化，精英的思想如同一双银制的马刺敲击着地面，四处回响。阿索林是这样记录在案的：“我们有塞万提斯、格拉西安、戈雅、拉腊……”

可是还有别人呢？为什么马德里的优美风景不一定必然造就出来优秀的儿女呢？瓜达拉马山，钻石般的高峰，你要劝说那些孩子励志啊！你要在精神寒流中改造那些孩子啊！你用冰箭惩罚他们吧！请你擦亮眼睛吧！请你的嗅觉敏感一些吧！请你绷紧肌肉！请你打心眼里振作起来！兴奋起来吧！瓜达拉马山啊，你那钻石般的高峰啊，劝劝孩子们吧！

有人会问：“可是，咳嗽怎么办？马德里人在咳嗽呀，不是吗？”（到处是瞎子，不是吗？）“这是谁的过错呀？不是瓜达拉马山吗？”

---

① 巴尔塔萨尔·卡洛斯（Baltasar Carlos，1629—1646），西班牙阿斯图里亚斯王子，国王腓力四世之子，王位继承人，不幸早逝。——译注

瓜达拉马山

“不是。在马德里，咳嗽不是那么普遍，西班牙也不是那么普遍。”（唱歌也是如此。）海涅进入西班牙以后，有一天遇到了疯子。疯子是个老乞丐，坐在北方的大桥上。他双手抱着吉他，在干什么呢？他像西班牙一样，在唱歌，在咳嗽。大作家克拉林在西班牙能写出悲伤的《咳嗽二重唱》。另外，你们不知道吗？咳嗽的原因是西班牙语的“j”，属于深度发音部位[①]。在欧洲的语言中，没有这样的发音。众所周知，在美洲，我们把这个发音部位稍微提前了几毫米，从而避免了摩擦小舌。

有人会问：“可是还有烂泥呢？冬季，马德里不是座布满烂泥的城市吗？”（还有阳光呢？）“瓜达拉马山没有过错吗？”

或许可以这样回答：“不是还有在烂泥里拖拉着绸缎所产生的无与伦比的绝妙感觉吗？除此之外还有更大的好处：烂泥造就了车轮啊。”

---

① 西班牙语的“j”属于深度发音部位，用小舌发音。——译注

VIII 精神状态[①]

在马德里的大学生公寓，常常给年轻人举办讲座。一次，埃乌赫尼奥·道尔斯[②]奉劝年轻人要热爱本职工作，应该尽职尽责（详见《学徒和英雄主义》，1914 年发表）。他用下面这番话为西班牙青年一代的抱负作了明确表示："我们要成为举止行为方面的精英。'行动讲秩序、办事讲道理'，应该成为新格言。"有一次，路易斯·德·苏鲁埃塔[③]在抒情和智慧的演说中，说明什么是英雄主义。还有一次，费德里科·德·奥尼斯[④]（在《纪律和叛逆》，1915）的讲座中，在回忆我们拉美大散文家恩里

---

① 详见《阿尔丰索·雷耶斯全集》第四卷，图书附录第 8 页。——原书注

② 埃乌赫尼奥·道尔斯（Eugenio d'Ors，1881—1954），西班牙散文家、小说家。属于 1898 年一代重要作家。——译注

③ 路易斯·德·苏鲁埃塔（Luis de Zulueta，1878—1964），西班牙作家、教育家、政治家。——译注

④ 费德里科·德·奥尼斯（Federico de Onís，1885—1966），西班牙文学教授、文学评论家。——译注

克·罗多[①]的时候，阐释了关于青年人选择自己人生道路那神圣的一瞬间时的经验和思考。他谈到了人类社会的种种危机，而这些危机早在黄金时代就是大作家格拉西安[②]的忧思了。

没有什么地方的道德说教能比西班牙更地道、纯正的了。在西班牙，道德和神秘思想变得温和了，变得家长里短、随随便便。代表作就是路易斯·德·莱昂教士[③]的《贤妻良母》；还有拉蒙·伊·卡哈尔[④]关于生物学研究的方法著作，其中技术性的建议和父辈的忠告交替讲述，说完了科学法则之后，还讲讲如何选择女人。除了西班牙，还有什么地方能出版这样的书籍吗？读者，您能想象出来一位法兰西学者在学术接待日说这种事情吗？大作家巴罗哈[⑤]的意见是：如此这般地思考道德问题是西班牙高原和台地的产物。

巴罗哈用肯定的口气说道："在距离马德里不远的地方，我见到过两个手持长长的拐杖、身穿外套、头戴檐帽的可怜老人，在

---

① 恩里克·罗多（José Enrique Rodó，1871—1917），乌拉圭著名作家，他的散文《爱丽儿》影响了一代美洲青年。——译注

② 格拉西安（Baltasar Gracián，1601—1658），西班牙教士、作家，代表作为《智慧书》。——译注

③ 路易斯·德·莱昂教士（Fray Luis de León，1527—1591），西班牙神秘主义者。散文和诗歌著作有重大影响。——译注

④ 拉蒙·伊·卡哈尔（Santiago Ramóny Cajal，1852—1934），西班牙现代神经学科学之父。——译注

⑤ 巴罗哈（Pío Baroja，1872—1956），西班牙著名作家。1927 年一代作家的代表。——译注

卡斯蒂利亚大平原上，讨论自由意志的问题。”

一年前，大哲学家奥尔特加·伊·加塞特[1]对我说：“一阵天主教方济各会的生活风气，吹到我们这里来了。”

---

① 奥尔特加·伊·加塞特（José Ortega y Gasset，1883—1955），西班牙著名哲学家、文学家。——译注

IX　发疯的权利

发疯的画家们时至今日还在拒绝马德里跟他们一道发疯。毕加索会记得西班牙吗？毕加索什么时候想过西班牙吗？[1]没有。我从来没有见过毕加索的画面上、在飞舞的黑色披风中间有凶悍和狂喜的表情凸显在紫色的丘陵与明亮的高原之上。（也许诸位会想起伊格纳西奥·苏洛阿卡[2]在画“欧洲人”肖像的时候，总是要画上燕尾服——为的是提醒人们此人不是西班牙人——可是，画面上的背景却总是一成不变地有他灵魂中的地理基础：卡斯蒂利亚高原和坎塔布里亚丘陵。）

墨西哥大画家迭戈·里维拉[3]在马德里展览自己的立体派画作时，有人请求他：至少为了尊重警方的要求，别把画作放在橱

① 此文写于多年前。如今（1937 年）毕加索为他的祖国西班牙画画并活着。——原书注

② 伊格纳西奥·苏洛阿卡（Ignacio Zuloaga，1870—1945），西班牙现实主义画家。——译注

③ 迭戈·里维拉（Diego Rivera，1886—1957），墨西哥壁画大师。画过墨西哥农民起义题材的作品。——译注

窗里展览。有一幅在卡门胡同展览的肖像，奇迹般地没有引发起义。天上各路神仙啊！为什么没有引发起义呢？我们这些迭戈·里维拉的朋友，可是一直盼望着起义呢！我敬佩迭戈·里维拉的勇气。他作画时，常常亲吻着颜料，有时，实在太喜欢某种颜料了，就把这种颜料塞进五颜六色的颜料堆里，很像原始的加泰罗尼亚人和阿拉贡人把金属塞进塑像中。如此作画，简直就是要吃透了世界的造型艺术，要深入到表现形式的力度中去，或许是试图为解决认识问题找出一种新方法。

总之，虽然评论家们已经把事情说得十分明白，还是有机会让公众在不知不觉中被迷惑。就是公众一看到那些画作，民族精神会发挥作用。画面一旦在公众眼前展开，就如同挑战，如同谜团，如同危险的冒险活动。如果西班牙骑士不为挑战、谜团和冒险所动，那他算什么人呀？（《堂吉诃德》第一部第二十一章有这么一句话："宴会结束之后，厅门开处，不合时宜地进来一位丑陋、矮小的侏儒，他身后跟着一位由两名巨人护卫的美丽贵妇。她带来一套古代巫师设下的迷阵，凡能破阵者将被尊为世界骑士精英。"）

此外，立体主义把毕加索的民族性、格列柯[①]对西班牙文化的崇尚及其笔下摇晃的人群放到一旁，从一开初就有西班牙元

① 格列柯（El Greco，1541—1614），西班牙大画家，宗教题材和肖像画大师。希腊传统、意大利艺术素养和西班牙神秘主义文化思想，都在他的作品中展现丰富的感染力。——译注

素。不久前，作家埃乌赫尼奥·道尔斯①说："谁能比克维多②更有西班牙味道呢？谁能比他更有立体派特色呢？还有格拉西安，百分之百的警句文风大师，还有大诗人贡戈拉、巴洛克大师——虽然后者写作方法不同——二人都为我们提供了用旋转、环绕的方法看待客体、掌控客体、从各个方位观察客体的观点，一旦让客体充满阳光，就会发现整个客体在晃动、跳跃，在与四周的客体进行交流——仿佛唯物主义哲学家掌握的原子——从四周的客体那里接收信息。"

假如观察者的目的不是"仔细推敲"，那么他不会满足于仅仅看看客体在一瞬间的侧影。他希望同时看到客体在无限的空间里可能让看到的全部侧影。难道事物给我们留下的印象，难道事物生活在人们的想象和记忆中，不就是如此吗？为此，假如自然主义的证据不存在，画家是有风险的；这样一来，画家（漫画家就是如此）仅仅保留了外观上有表现力的符号，比如一个眼圈，眉毛和鼻梁形成的十字架及嘴巴的表情；与此同时，画家运用连续的符号或者自然而有说服力的曲线，在画布上投下类似有动感的象形符号，或者类似几何图形的东西，并且在本能的一瞬间，投下表现渴望动作的符号。

---

① 埃乌赫尼奥·道尔斯（Eugenio d'Ors，1881—1954），西班牙1898年一代散文家、小说家。——译注

② 克维多（Francisco de Quevedo，1580—1645），黄金世纪伟大作家。——译注

流浪汉小说，这个美学上的巨大谜团，为我们提供了完整、有活力的看法之经常性例证。眼下，我离开自己的图书写作，通过回忆和笔记提及那些图书。我记得格拉西安勾画出一个男人从阳台上跳下去的动作，与此同时，空中还飘浮着几张白纸，在慢慢落下。不晓得那里面是不是有《谋略书》，是否有《智慧书》，确切地说，我想应该是《英雄书》。[①]在心理学方面，他随后的笔触不是也属于同样有勇气或者是讲真话的种类吗？有人盗走了古斯曼·德·阿尔法拉切[②]的斗篷，咱们来看看他做的事情吧："我寻找一根能拿在手里的小竹竿。过去我觉得手里拿着它，好像有了斗篷……小竹竿可以当手杖，让双脚觉得有力气。"有些物品，有些激情，有些感觉，会影响别的东西，同时给我们一个他心理活动的全貌。

可马德里过去不愿意跟立体主义一道发疯。

难道今天在戈雅的土地上真的禁止发疯吗？假如像爱尔兰作家王尔德希望的那样，印象派画家们创造了泰晤士的滔滔河水，咱们是不是应该相信马德里是戈雅的作品呢？那些缺胳膊少腿的人们，那些瞎子，那些斜眼，那些巨人，那些侏儒，那些聋子，那些驼背、鸡胸、弓形腿的人，会是从什么地方冒出来的呢？

马德里是座既严肃又安逸的京城，不会同意发疯的行为。

---

① 《谋略书》《智慧书》《英雄书》均为格拉西安的重要著作。——译注

② 古斯曼·德·阿尔法拉切，马特奥·阿雷曼的代表作《古斯曼·德·阿尔法拉切》中的主人公。——译注

大哲学家奥尔特加·伊·加塞特，在一时冲动之下，对我说：“不能身穿哈伦·赖世德[①]的服装上马德里的大街啊！”

说实话，那个谨慎的现实主义只允许你们给我看半张面孔，这只有坏处啊。生活在君子中间，你就得围着君子转悠，如同月亮那样谦虚谨慎，只让咱们看到她那死气沉沉的半球、规规矩矩的半球。而谁能怀疑那最好的部分不是在那看不见的另外一半呢？

个性在于选择。选择意味着多样，意味着种种矛盾。如果没有是和不是，怎么选择？凡是人家从外部强加给你们一种行为习惯，说真的，那就没有什么个性可言了。原则上，任何新习惯都是一种疯狂。

我一向支持发明新习惯的人，支持一种可能长期推动物种改良的生物实验。大作家萧伯纳高兴地说起，有一户资产阶级友人家庭，过着足不出户的生活，一天，却因为一个女儿闹起了家庭纠纷，因为这位小姐是个戏迷，常常要出门，去剧场看戏。对这种人，我们有一句古老和有趣的说法：“女儿给父母出花样了。”从此以后，家里不得安宁了，父亲大人忽略了自己还有风湿病，母亲大人不得不丢开了厨艺。噢，有益于健康的清风啊！噢，新鲜的空气啊！女儿果真给父母出花样了！忽然，风力推开了窗户。（微生物从各个角落里逃跑了。我们心中的快乐难以容纳呀。）

应该挑三拣四，应该严格要求，只有不断更新，咱们才能生

① 哈伦·赖世德（Hatūn a1-Rashīd，766—809），阿拉伯阿拔斯王朝第五代哈里发。——译注

活下去。皮斯大道上的女士服装设计师知道，假如不给咱们的女士发明时令新装，爱情就消失了。下午懒散的时刻，一些轻佻的女子身影飘然地游走在卡斯特亚那大街上：她们个个身穿季节要求的新装，春天让她们人人焕然一新，看上去像是刚刚来到这个世界，刚刚呼吸到这个世界的空气，一个新的从没有见过的世界。

这些妇女不是秋天和冬天那帮女子：她们是春天和夏天带来的女子，是从自己的花丛中诞生的。如果没有她们，爱情也就消失了。如果没有新的发狂情绪，地球就会停止转动，群星不再眨动眼睛。哦，群星灿烂啊！假如星星非要闭眼昏睡，那可危险，一定要每天夜里使用新的照明手段让星星睁开眼睛。

雨果对波德莱尔说过："你发明了一种新寒热啊。"这是最高的赞扬啦。

你们发明一种新寒热吧！嘿！发狂的意义，死了也值啊！今天晚上，你们回家以后，要摔碎两三个花盆啊！要命令仆人打开全部窗户！点亮全部的灯火！如果有人惊慌，问你们："今天是什么节日啊？"你们就告诉他：

"今天我的心过生日：我的灵魂诞生了，一个出花样的女儿诞生了！"

X　试论国民财富

国民财富取决于货币的类型。在法国，法郎造就了人们节约的美德，最小的铜板“苏”令扑满开始使用。习惯成自然，如同大气跟随地形高低流动一样，精神也跟随物质的变化而变化。

跟着大额钞票走，比如美元，百姓有钱，大手大脚。美国佬挣得多，花得多；裤袋里装着钱，走起路来“哗哗响”；他们的钱来得神秘而玄妙：钱太多了，买卖起来让人发怒，就像恋爱中的雌蜂，因为雄性太多而恼火；美元不是法国人使用的那种慢悠悠、守纪律的货币。美国佬信誓旦旦地声称，他们挣钱是因为钱有魅力，是出于信仰，是喜欢诈骗，喜欢打赌。法国人挣钱是因为坚忍不拔和牺牲精神：沧海桑田，积少成多嘛。

货币单位大，花起钱来可能显得少。算算吧：十美元就是五十法郎啊。花掉十美元比起花掉五十法郎可以少用五倍的力气呢。有句希腊谚语说，巨人滑一步，侏儒走一生。

反之，假如货币单位很小很小，比如葡萄牙的里亚尔，那可能破坏了社会和谐，可能无端地激怒人们的想象力，制造出荒谬的维度概念。谁能用巴掌给地球测量腰围呀?

但是，假设——这是最后一个假设了——货币单位不大不小，例如墨西哥比索，那老百姓可就要注定过穷日子了：挣得少，花得多。所有的平均数都集中了各个极端的缺点。

西班牙的比塞塔各个方面与法郎相同。可是西班牙为什么就不富裕呢？为什么比塞塔就有毛病呢？（世界大战让西班牙有过短暂和欺骗性的“健康”。）好啦！别解释了！

买卖不可能是发财的原因：买卖纯粹是恶性循环。左手挣钱，右手花钱，结果总是一如既往。今天节约，也是为了明天或者后天花钱。几百年来，钱币辩证地兜来转去，没让任何人发财，但是让大家有过瞬间的快乐时光；可这应该是心里快活，而不是肉体发财。

财富的真正增长和真正减少，不是源于物价，不是源于经济法则或者需要的行为，恰恰是供求公式支配着一切经济学。有人赚钱，有人赔钱，来源于无法估计的意外恩赐：额外收入（小费）。我不把钱花在购物上，出售商品让我保持收支平衡。我要给中间商、卖方、审计官员、持票人、收款员一些小费。（因为赚钱，企业增多了，这是奥卡姆[①]的“新经济原则”。）

由于有这样一个社会阶层（已经没有小费可给了），它自己支付生活开销。怎么支付？用创造的财富支付。起初，金钱是从

---

① 奥卡姆（William of Ockham，1285—1349），方济各会修士、哲学家。——译注

脑海里冒出来的，富有创造精神的阶级想出了黄金，金币以小费的形式下雨般地落进了人们的口袋里。

可是，西班牙不收小费呀！本该想到黄金的人们，因为黄金没有用处，就不再去想了！那位智者说，危险的思想更新距离我们很远、很远。如果底层的人们要小费，那么经济环境还能充氧。上边应该多想想，国家怎么才可能富裕起来。

你们想给为斗牛活动服务的小伙子一点儿钱，他对你们说：“别给了！你们的同志已经给过了。”其实这话的意思是：“让国家穷一点儿吧。”

为了给车夫一点儿小费，你们不得不换掉一张大额钞票。

车夫催马就走，一面说道：“您别为我麻烦了！”

你们要去郊区的某个咖啡馆看看老百姓吗？跑堂的慌乱地收下了数额过多的小费，满脸通红，他以为自己偷了你们的钱；为了对你们的到来表示欢迎和答谢，他在电子琴上放了一盘李斯特的狂想曲……

你们无精打采地回到家中，瓜达拉马山恶劣的天气有害健康，而且几乎没有吃东西。虽说每天的开支是规定好的，你们的厨娘非要坚持严格按照吃多少、收费就是多少的原则。

这都无关紧要。假如那些政治家愿意让老百姓致富（这是必然的），那就去糟蹋老百姓吧！

可是还有西班牙的施舍呢？这里不发挥小费的作用吗？不正是在西班牙人人还能挣钱的时候，却希望依赖施舍过日子吗？

这里正如作家阿塞维多所言，如果有人向你们伸手，你们会掏钱的，哪怕对方是大力神。难道不是吗?

不对，施舍不是小费。乞丐吃的是施舍，他也生活在买卖中间，他维持生计的方法像大家一样正当合法。相反地，要小费的人是饭店侍者、医院的医生、共和国的总统，他们广泛地运用自己的职业技能过日子，他们在自己家里用小费（其实不必要）装满锅碗瓢盆，塞满瓶瓶罐罐，装满羊毛袜子，塞满皮椅后面秘密的衬套。

XI　街上的叫喊声

如同法国大作家马拉美的烟斗引出一次旅游一样，喧闹的街上的歌曲让我死而复生。

作家吉卜林不是说过旅游中的气味吗？阿拉伯半岛上骆驼的鼻息，埃弗拉特斯河畔希特地方的臭鸡蛋，那里有《圣经》上的诺亚为建造方舟而开伐的木板，还有布尔那地方的干鱼：各种气味可以压缩为两种基本元素，即英国人说的有着“universal appeal”（普遍需求）的东西——燃油气味和融化的脂肪气味。前者是炒菜，后者是红烧。吉卜林说：你们谈到了这个问题。可是，这时旅伴们打起鼾来，就像猫儿们吃了安眠药。人人记住的是自己的经验，如同书上说的那样，“泛泛而谈”罢了。

听觉器官也有这种回忆功能。街上的叫喊声可能包含一座城市，比如，S.P.Q.R.①，或者是迦太基的羊毛。

“Haricots verts②！”

---

① S.P.Q.R.，罗马参议员及罗马人。——译注

② Haricots verts，指肯尼亚四季豆。——译注

我望着一群人，他们体形丰满，毛发金黄，弯腰弓背，推着菜车，走在巴黎的大街上。我听着我家附近的街道上有歌手在唱民歌：星期一的歌声辛辣、风趣，声音粗哑；星期四的歌声，像尖刀刺耳、憔悴、无用："人们说呀，说呀……"

星期六的歌声是个表情蛮横的小孩子唱的，母亲拉着他的手，他发出一阵阵苦涩的叫喊，仿佛在喷吐铁沫。那小罗锅的喉舌发出让人想哭泣的声音，他那温柔的呻吟从晨雾中传来。在巴黎那冷漠氛围中发出神奇、颤抖回声的叫卖人，如同大作家都德说的法国南方普罗旺斯的鼓手发出的"嘟嘟——庞庞"一样；这位爱国的当代演说家，白发苍苍，美髯飘飘，表情严肃，他是名副其实的科学协会成员，身穿黑西装，庄严地宣告：

"Sonnez clairons，sonnez cymbales！

On entrendra siffler les balles！"

（法语：请吹响喇叭！请踩响管风琴！人们会吹着口哨走进舞场！）

就在叫卖人漫步街头的时候——他左手在胸前，右手高举——一双看不见的手从阳台上扔下一些铜板，把叫卖人的高帽子给砸瘪了。

从前，在我老家的街道上，我拐过一个又一个街角，密切追踪过一些民谣的变化。我住的房子，位于白蜡树街，不大，圆形，高高低低；另外一处在橡树街，样子滑稽，有棱有角；在更远一些的地方，还有另外一处房子，看不大清楚，甚至看不见。

蒙特雷伊是我的故乡，全城都是阳光，到处飞舞着黑老鸹，灿烂的青山脚下全都是矮矮的平房，家家户户传出梦幻般、情绪恶劣的叫喊声，中午十二点钟的炎炎烈日把叫喊声给蒸发得一干二净。

“买木柴啦——”

那是又一声令人愉快的叫喊：“胡桃嘞——胡桃汁！”

圣路易·波多西是一座喜欢吹号角的城市：我去观光的时候，驾驶电车的司机使用一个拳头大的号角，号角声响起后，在一处铁轨拐弯的地方，一辆电车出现后就消失了……波多西是座冷冰冰的城市：冰雪覆盖着白杨树，它们与车站的烟雾混在一起，鸟儿在里面感到窒息。

我在维拉克鲁斯市逗留的最后一天，有个水果贩子的叫卖声，跟着我走遍了全城。那里的叫卖声仿佛是大钟里的回声；土地在阳光下是古铜色的……维拉克鲁斯港口上一片忙忙碌碌的景象。

马德里到处是歌声。我从每扇窗户望出去，看到远处、近处有十五六扇窗户，每扇窗户里面都有一位妇女在干家务，每扇窗户里都传出歌声。时髦的轻松小调压倒了民谣，破坏了原汁原味的传统风味。今年全年，刺激我耳膜的就是这首《麦尔吉雅德斯哥们儿》啦。

XII　悍妇狮吼

她们身穿红色衬衫，脖子上围着绿色头巾，裙子随心所欲。

这些女人声音沙哑，表情易怒，都是悍妇，都有骂人的习惯。走路的节奏像老虎，脚踏实地，穿着平底帆布鞋。因此，走路总是扭屁股，似乎善于潇洒地前屈后弓；但是随着岁月的流逝，腰身总是变得过分发育；今天十五岁的可怕姑娘，长大以后堕落得不成样子。

这些女人是陀螺，这些女人是双耳细颈水罐。她们天天去打泉水，不知道是不是打碎过水罐。水罐的样子自自然然，像是献给仙女的镜子或者苹果。她们和水罐一道营造出曲线，水罐底部位于她们腰间，她们贴心拥抱着水罐，摇来晃去，神色凝重，仿佛拥抱着心上人。打满泉水后，人人可以向她们要水喝，就在街上一饮而尽。于是她们会围成一圈，闲聊片刻，东拉西扯，家长里短，唾沫星子飞溅，再艰难地走着。为了说得自然、流畅、潇洒，一路上不停地改造辅音字母，免得结结巴巴。

她们说话的声音沙哑，非常沙哑，从胸腔里飞出来的声音暴躁，让我们感到慌乱，不知所措。如果我们注意她们的眼神，她们会忍耐片刻，最后叫喊起来。总是要引人注目吧。她们会巧妙地回击那些甜言蜜语，那是一种空洞的家常话，可以很好地保护自己，而用不着害羞。

她们要干什么？要杀了我们。爱情不就是这个样子的吗？她们如同母蝎子一样，要把公蝎子一口吞下，据为己有。她们如同母蜘蛛一样，把公蜘蛛弄得神魂颠倒之后，吃掉公蜘蛛的脑袋，嚼碎、撕烂之后，一脚踹到大街上去，公蜘蛛还因为母蜘蛛的爱抚而浑身颤抖呢。

XIII 黎明之歌

强光从窗口把我唤醒，绝对湛蓝的天空望着我，还有烤成金黄色的石灰墙角。一大清早，身体还想赖在床上不动，片刻间，睡意蒙眬，不忍离去。空中传来各种嘈杂的声音：母鸡们“咯咯”，母牛们“哞哞”，一头母骡由于找不到马嘶与驴叫之间的折中点而发出悲鸣；还有从田野传来“吱吱嘎嘎”的声音，还有女人的鼾声和男人的低吼。

于是，我听到了只有在那时才听到的声音：一位母亲对小儿子的爱抚。从村里那些街道上，不大容易捕捉到爱抚的声音。不错，是可以看到妇女胸前怀抱着子女的情景，但妈妈的嘴里总是喷吐着愤怒的咒骂：

“瞧瞧！瞧瞧这些小崽子真让人不得安宁！”

这里那里总是传来打耳光、打屁股的声音，简直是鬼哭狼嚎的地狱。村里妇女的生活方式之一就是发火。男女交手时，男的忍气吞声；女的总是高声叫骂，愤怒不已。甚至连爱抚儿子时，也是态度粗暴生硬啊！你们知道吗？这里的郊区经常可以听到这样的声音："我要打你屁股啦！"

这就是郊区的很多妇女爱抚子女的方式。母亲对待孩子经常可以听到这样的粗话，这可是用在儿童世界的语言啊。

而我的女邻居则与众不同，拂晓时分，她是百分之百的甜蜜蜜。黎明不用干活，是献给她心肝的时刻。我听见接吻的声音，我听见一些非常温柔的话语，让我想起了自己的故乡。她在说："我的宝贝！我的天使！我的宝贝！我的天使！"

最后，柔情满满，胸腔无法容纳，爆发成一曲歌谣。她的声音不算美，但是恰到好处，她很会用嗓，字正腔圆，声声入耳。这是西班牙最美的歌声。有几句歌词我听得格外分明，这几句话语言明快，搭配得体，是百姓的老话，里面有会舞蹈的副动词和浓浓密密的关系词……我一回想起这首歌谣，它就在我的耳朵里朦朦胧胧回响，最后就消失了。

她在唱，她那亮亮的声音在唱。睡意来来去去。我睁开又闭上眼睛。阳光下有几只苍蝇在跳舞呢。

XIV 柏拉图式的考验

也许你喜欢漂亮物件，喜欢一朵花，喜欢晚霞，喜欢女人，或者喜欢一首歌曲。对一切特别东西的泛爱，会让你爱而无欲，完全是无私之爱：花朵会好好地长在嫩枝上；晚霞展示在秋日当空；美女会保留着丰厚的奥秘；歌声依稀回荡在空中。于是，你会慢慢发现，自己喜欢的是超越物件之上的某种东西——内在美。谁能欣赏那直接、纯粹和赤裸的内在美，那可是幸运儿，那可是大大的有福之人啊！于是，你会爱上一种想法：要追求思想啊！感觉就是你追求爱情的通道。

曼提尼亚[1]的一位妇女，给苏格拉底讲道理，柏拉图恭恭敬敬地记录下来。从抽象的希望到具体落实就像是从青年到中年的转换，返回抽象的天国（已经是无望的天国，只是回忆罢了）等于是返回青春期，等于是返回处女童真状态。那种少女时期渴望破裂的处女状态，那种跳动、脆弱的童真状态，不复存在了，而

① 曼提尼亚，古希腊城市，三次成为战场。——译注

是如同水晶般坚硬的纯洁，而是把全部性感的力量最终化作精神。

为此，对少年时期的回忆可能变成对浪漫主义的回忆，至少是歌曲《献给特莱莎》提到的浪漫主义的某些方面：

一位不起的女性啊！
温和的月光下，魔幻般的月亮里，
羞红了……
没说出任何感觉的女子啊……
崇拜爱情的正是爱情本身……

这里是马德里阿尔卡拉大街，或者说是托莱多大街。这里有粗野和文雅的女子，个个都是美女。她们一个接一个走过去，频率很快，目不暇接，令人绝望。脚步不停、眼神顾盼、长发飘逸、一板一眼，双脚走在无尽头的路上。看得你们头晕目眩、心猿意马，表情无法再水晶般的冷冰冰，也无法神气活现了。我觉得再也没有比在马德里望着美女们游走的情景更好的柏拉图式的考验了。每位姑娘都给这首协奏曲加上了一个自己的音符：

美人都有自己的芬芳，
有的是天鹅，有的是白鸽。

20世纪早期的托莱多大街

哦，洛佩[1]！你这个固执的情种啊！你没看到这群美人吗？你说得好哇："她们把种种欲望踩在脚下，一面匆匆走过，一面把欲望踩得粉碎。"可是你还说过："去结识新权贵、掀开新床单、再次无耻地说'宝贝儿，来吧！'是悲惨的情景。"疲倦逐渐战胜了我们：每个女人按照心意扭伤了我们的情欲，结果，倦意袭上你们的心头，无可奈何，产生一种对一切美好之美的泛爱，没有具体的情欲让你心烦意乱。距离最近的美在安慰你们不要为刚刚离去的美而伤痛。为此，十六世纪的诗人托雷斯·那哈罗对爱神说：

你射出的箭
没碰到我的身体
一箭又一箭落地。

一百年后，大诗人贡戈拉抱怨道：

你一箭又一箭射中我，
本来昨天你射向我的箭
可以阻挡你今天放的矢。
我可不是你的箭筒，

---

① 洛佩（Félix Lope de Vega y Carpio，1562—1635），西班牙黄金世纪的伟大戏剧家。——译注

就算你轻视自己的武器，
因为你已经缺少箭
而我这里已经太多。
瞎眼兄弟，这里太多
已经无法容纳下去。

还有薄伽丘的感官享受也是如此疲倦之后，才摆脱那位恶毒的地上维纳斯，去救赎天上维纳斯的魅力。意大利佛罗伦萨那七位仙女，围着泉水，一一倾诉自己经历的麻烦事；粗鲁的猎手阿美托，是真正的情种，一步步爱上了最后说话的仙女。

总之，不管怎么说吧，从上述七桩爱情故事里，诞生出天籁般的音乐。人们喜欢的那七位仙女结果成为七种美德；于是，张开双手，从天而降的是那位披星戴月、浑身闪亮的仙女，我们人人记得她，个个希望回到她身边去。

XV 好奇的大喇叭

这几天，国际社会都很关心马德里市政府，因为该政府灵机一动，为梅索内罗·罗马诺斯[①]竖立起一座亲切的纪念碑。

今天我们人人都是世界公民。我们在比利时的勒芬、法国的兰斯、法国的敦刻尔克；我们身边是大炮、飞机、保卫要塞的战士、同一个战壕里的兄弟；我们到过许多地方，但是我们忽略了我们居住过的这座城市——马德里。梅索内罗一心注视着自己的城市，好像他是马德里天才的守护神。

他拥有河狸般的本能——建造城市。白天，他设计新广场、新街道，创办钱庄。晚上，描写白天捕捉到的场面。他是市政府的人。不要嘲笑市政府的慷慨激昂。学会了建造自己居所的全人类，不正是因为有了这份激情吗？就在游牧民族把自己的套马杆插进土地的同时，老婆放下了身上的儿子，于是诞生了建造城市的愿望。我们大家都经历过这样的事情：尽管没有在邻居要求建

---

① 梅索内罗·罗马诺斯（Ramón de Mesonero Romanos，1803—1882），西班牙作家、教育家。曾用笔名“好奇的大喇叭”。——译注

造现代道路和电气化照明的请愿书上签名，却投下了第一块石料。

确实有这样一种人：在他们心里，自己所居住的城市并不真的存在，自己家所在的街道也不存在，甚至连自己的家园也不存在。他们失去了洞察力，一心只惦记着本来已经看清楚的万物回归一片混沌。他们是社会学家：在他们心里，世界化作一般法则。他们没有能力调查清楚并且留住就落在他们身边的材料、证据，就算他们不想很快弄丢这些材料，也没有能力把材料重新整合到全世界的画面中去。他们知道有动机，有产品，有社会人群；但是，梅索内罗·罗马诺斯知道的事情，他们从来也不知道：给自己理发的师傅名叫佩德罗·克雷阿，出生在距离马德里不远的帕尔拉重镇，今年二十二岁，父亲是镇上的神父。社会学家没有好奇心。他们有可能写出来好书，但是，他们个人的交往能力，实在令人讨厌。

反之，“好奇的大喇叭”眼观六路，耳听八方，事事都说，整天漫步在那些街道上：真正的好品德。像狗群一样在大街小巷闲逛，像漫画人物西皮翁和贝尔卡萨那样站在街道上闲聊，这难道不正是西班牙人的特性？有位新闻记者在评论卡纳雷哈斯[①]如何仅仅因为保留这个晒晒太阳并在街上闲逛的纯正传统而被害（一个坏蛋杀害了他）时，说这个传统是因为西班牙人喜欢走路的天性。西班牙有人写了那出幕间笑剧《围观的人们》，戏中有

---

① 卡纳雷哈斯（José Canalejas y Méndez，1854—1912），西班牙政治家。曾任西班牙政府首脑、国会议长，因主张改革被暗杀。——译注

几个大学生打算怀着无私的目的捕捉和讲述大街上发生的事情。

马德里的所有公共场所都有可能变成赌场和聊天室，变成那些好奇的闲聊者的聚集地。有些时候，这些赌场只有一个搭档，例如林荫道上的长椅。但是，这没有关系，因为聊天在闲聊者的心目中是不讲明的，无论走在哪里，都把聊天背在肩上，仿佛肩负着新的神学奥秘。

那位创作了《拉努艾拉博士》的古怪作家罗斯·德·奥拉诺[1]，是西班牙大作家埃斯布龙塞达（西班牙文学中众多“怪人”之一）的朋友。当奥拉诺成了退休猎人之后，因为他老了，双腿不管用了，不能遵守狩猎法的规定进行狩猎，于是养成这样的习惯：常常到老朋友阿雷纳的枪械室与别的老猎人聚会，聊一聊自己的好时光。这是诸多聊天的例子之一。

在奥拉诺的《军人轶闻》一书里，他却说：“我从家里来到雷格莱特大街的小花园里，坐下来等候。我感觉人们在我眼前来来去去。因为我有个用猎枪瞄准一切野物的习惯，就闭上左眼，用右眼观察，看到城市猎物如何在我的瞄准器里一一走过：鹌鹑和山鹑、石鸡和灰山雀、石鸻鸟和野鸽子，甚至还有水貂，也有野兔的痕迹。”这是一人自言自语的例子。实际上，这个“好奇的大喇叭”并非一人。他坐在雷格莱特大街的小花园里，完全沉浸在老朋友阿雷纳家里的聊天气氛中，赞美着武器的协调性能、猎

① 罗斯·德·奥拉诺（Antonio Ros de Olano，1808—1887），委内瑞拉人，小说家。——译注

犬灵敏的嗅觉、青年时期这样那样在打猎上的丰功伟绩。

实际上，“好奇的大喇叭”用自己语言的力量全面反映了自己的城市。如果想要了解马德里，就应该去阅读他的作品。

在一个无人参观的炮兵博物馆里，有一张十九世纪上半叶的马德里地形图。这座京畿重镇的面貌没有什么变化，尽管这里那里的新居民区拉长了城市的线条，还是有可能找到罗马诺斯笔下的马德里。除去拆掉了几座教堂和兵营之外，旧城依然未动毫毛，依然生龙活虎地隐藏在新城怀抱中：一位慈悲的天才保佑着马德里，如同罗马诺斯描写的那样，它永远与世长存。

XVI　神学家巴列 - 因克兰[1]

真是突如其来。堂拉蒙 · 玛利亚 · 德尔 · 巴列 - 因克兰在文学协会礼堂做了一次关于神学的讲座，题目是“美学寂静派”。真是突如其来：这个题目如果不是一种否定和矛盾的联系，那么与当下形势有何相关呢？莫非刚刚举办的这次画展迫使巴列 - 因克兰转而关注力本论[2]和寂静论[3]的争论吗？至少他没有承认。他说话的口气好像来自外星，仿佛他不知道我们身边正在发生的事情！所以我再强调一下：真是突如其来呀。他这样说是为了否定运动，否定在他眼前发生的一切，正在运动的一切，时而描绘、时而擦掉的一切，正如希腊哲学家埃拉克里托说的：儿童在沙子上玩的游戏啊！也许正是那游戏本身的嘈杂声让他听不见外界的

① 巴列 - 因克兰（Ramón María del Valle-Inclán，1866—1936），西班牙著名诗人、戏剧家、小说家。著有诗歌《四季奏鸣曲》《圣洁之花》《阴暗的花园》等。西班牙 1927 年一代作家的重要代表。其反独裁统治的长篇小说《暴君班德拉斯》对拉丁美洲小说的发展有重大影响。——译注

② 力本论，一种哲学观点，用力学及其相互关系来解释宇宙。——译注

③ 寂静论，一种神秘主义哲学观点。——译注

情况；也许正是那让我们陶醉的绝对运动，最终在他心里落叶生根了，留下了一个经久不变的印象，一个寂静主义的印象。

一次神学讲座。实际上，讲座人选择的这个美学接口，跟我们有什么关系啊？美学就应该是个审美过程的哲学，文学就应该讲究暗示，艺术就应该讲究回忆：因为咱们每个人说的都是自己的行话。巴列 - 因克兰关于古典主义的短暂定义，跟我们有什么关系啊？那些定义能有什么意思啊？重要的不是这个。两三种现代的、已经陈旧的理论的虚假结合也不重要，两三种古老和永恒的理论结合也不重要。严格说来，吸引我们的是他那演说中的本土“神学主义”。在这个武装起来的神父国度里，这位“马德里的独臂人”[①]履行着一种圣职：更新关于圣灵理论的威望。通过几何，通过数学，不断运用点、线、圆、球体，面对着文学协会的听众，coram populo（拉丁文：公开破坏）关于圣灵神秘论的阐述、三位一体的说教以及死罪的定义。

在文学协会礼堂。大厅内座无虚席，女士多于男士，这世界一贯如此。（我的朋友们呀！为什么呀？为什么女比男多啊？）

堂拉蒙 · 巴列 - 因克兰的形象发育不全，外表看上去很温柔。只要你瞧瞧他那副模样，就会产生画一画他的冲动：用两个小圆圈，加上几根垂直线条，就可以画好面部（就是夹鼻眼镜和下巴）；用四条直线和一条曲线，就画好了他的右手（拇指、食指、

---

① “马德里的独臂人”，指巴列 - 因克兰。——译注

巴列-因克兰

中指、无名指、小拇指）。除了面孔和右手，其余的不存在，或者仅仅有个支撑着面孔和右手的小小支柱。实际上，这位下定义的导师不需要别的东西：面孔就是教义，右手就是评论。

他很会说话，懂得西班牙巫术，会献殷勤：一边端着糖果盒，一边讲解神学。但是，他不仅仅会当精英神父，不仅如此；一旦讲完开场白，他的眼睛就开始熠熠生辉，声音变得热情洋溢起来了，雪白的右手挥舞起来比话语更有说服力，不停地画出有节奏、时间均等、有意义的曲线，手势来来去去。有时候，那食指似乎伸长了许多，为了支持一个打算逃走的推论；还有些时候，那鱼翅般的手掌伸展开来，拍打着空气，或者说，要展示一幅说明什么想法的图案。右手挥来挥去，像个形而上学的梭子。面部表情丰富，像一堆数字。右手拆解出大量面部后面的内涵。

他直面绝对论，而不会落下笑柄。谈到死亡的时候，他有个人体验，能承担起曾经死去过的责任。他建议，学会和认识了死亡之后，要忘记死亡，仅仅保存认识到的气味就行了。十七世纪的寂静派理论家米盖尔·德·莫利诺斯说，忘掉死亡吧！就像船只入港后，忘掉了船帆和船桨的作用一样。我们这位神学家在寻找一种可以解释天主教教义的方法，他想起了伟大的宫廷画师委拉兹开斯。他想象着画师上午、下午都在宫廷画廊里工作的情形。画师不画偶然而至的光线，不画匆匆而过的光线，不画不存在的光线，不画瞬息间动态中的偶然性，不理睬“那位好好先生某日突发的牙龈发炎”。他画稳定性，画大面积的光线，画白天，画天气。为了能够理解静态和持久性（如同神秘的阿拉伯人对待心醉神迷状态时那样，他们建议应该做旋转运动），他建议看看记忆中的事情，怀着静静的爱心理由去回忆往事。

他直面灵魂之敌的定义：眼闭，人死，世界是光线的产物。肉体死，人亡。可是还有魔鬼呢！傲慢、爱情、仇恨，先于亚当之前发生的罪孽，先于人类诞生之前的原罪，是唯一让我们永世相传的东西。（大厅里传来一阵阵听众颤抖的声音。没有掌声，只有激动的喘息声。）

他直面创造性工程的定义。他把人类与动物作比较，因为人类造出了与自身相像的偶像；他还把人类与天使作比较，因为人类造出了表情和动作。这里他谈到了天使的性别问题并且确定任何艺术品都是雌雄同体。于是我们想起了阿纳托尔·法朗士[①]，他为希腊哲学家以及教会的神父做了评注；但是，我们还想起了费伊霍·伊·蒙特内格罗神父[②]。（如果巴列-因克兰听到我们这种说法，他不会感到惊讶的。）

他直面魔术的定义。是魔术吗？巴列-因克兰这位报告人犹豫起来……他把手举到前额，好像要把天灵盖放好（听众再次抖了一阵），他用窒息的声音说道：

---

① 阿纳托尔·法朗士（Anatole France，1844—1924），法国大作家，诺贝尔文学奖获得者。——译注

② 费伊霍·伊·蒙特内格罗神父（Benito Jerónimo Feijóo y Montenegro，1676—1764），西班牙 18 世纪最重要的文体学家。——译注

巴列-因克兰

“看看我能不能说明白吧！”

魔术有很多层面，其中之一就是加速了生命的步伐，它是生命活力中的动力负荷：大魔术师弋阳先生见过历史在一秒钟鱼贯而行的情景。我们自己从长颈瓶的反射中听到了自己未来若干年的脚步声。

魔术师巴列-因克兰让我们在半小时内体验到了几个世界的紧张生活：

> 我感觉自己身边有一种更为紧张和更为艰苦的生活。

听完讲座之后，为高雅、精美的内容和形式激动之余，感觉有股苦涩、粗鲁，甚至野蛮的味道。这是怎么回事呀？我要说：是那空空荡荡的袖子造成的！

空空荡荡的袖子。如同被一台威力强大的机器启动的轰鸣声吵醒时人们吓得跳起来一样，一个比巴列-因克兰更高大的想法摇晃着那条软弱无力的衣袖。于是，他右手像翅膀那样张开的时候，右臂像暴风雨中的船桨那样挥动时，左边的三角肌坚硬起来，在空中抖动，竖起了一只空空荡荡的袖子——风度潇洒，但是已经血迹斑斑了。

XVII 弗朗西斯科·希内尔·德·罗斯·里奥斯[①]

人们记得他像坐在火炉旁边的小老头——一位青春常在的老者。他是西班牙隆达地区的高雅人士，是身披平民服装的贵族。平民和贵族都是他的本色，想起来让人觉得他是挤进贵族高层的平民。

他是克劳泽分子，是从桑斯·德尔·里奥，一位法律系哲学教授、作家、自由主义者那里学来克劳泽学说的。但这些都不重要，重要的是他是个有天主教使徒精神的人。他的力量在哪里呢？在微笑。我在我记录成语的书本里发现：你们别相信那种把钟表拨快的人会按时到达，别相信某些人爱发火是精力充沛所

① 弗朗西斯科·希内尔·德·罗斯·里奥斯（Francisco Ginerde los Ríos，1839—1915），西班牙哲学家、文学家、教育家。他是克劳泽学说在西班牙的倡导者。克劳泽学说是德国哲学家克劳泽提出的，主张“泛神论与有神论调和”，哲学界称之为“万有在神论”。其中强调个人发展的重要性。最早把克劳泽学说引进西班牙的是胡利安·桑斯·德尔·里奥（Julián Sanz del Río，1814—1868），希内尔是重要的推手；为此，希内尔创办了独立于政府和教会之外的“自由教育协会”。希内尔的主要著作有《文学与艺术研究》《教育研究》《哲学与社会学研究》等。——译注。

致。说实在的，待人和蔼可亲才是最有力量、最有规矩的人。

他会料理家务，会亲自打扫自己的房间。他是信徒，确切地说，是献身上帝的；但是按照西班牙方式献身——脑袋里装满了实用和功利思想。西班牙优秀传统要求人们实用和神秘精神同时开花，如同眼下的实用主义哲学一样。著名的修女圣达·特蕾莎创办了几座修道院，她善于管理。她对那些虔诚的修女说什么呢？请听："我主基督行走在满脸哭相的人们中间。"她如何理解"靠近上帝"？她理解成，诸如干成一件事情，完成一项运动，赢了一盘象棋这样的行为。热情的时候，她这样喊道："咱们来捉弄一下神圣的国王吧！"圣依纳爵·罗耀拉[1]是个军事人物——他当过士兵[2]。当兵和献身给上帝结合，此事并不新鲜。英国作家詹姆斯为军事神秘主义下定义时写过优美文章："士兵没有，也不应该有良田；他一脚踏在马镫上，随时准备出发，不顾危险，如同箭在弦上。"因为神秘主义是积极生活的条件。

如果是在上个世纪，我们这位思维敏捷的小老头，会被人们称为"圣弗朗西斯科·希内尔"。他本人明白自己使命中的神秘主义。有人说希内尔从事着话语圣事，说他的社会职能就是说话。"哇啦哇啦"从早说到晚。确切地说，是谈话。在损失掉的少量

① 圣依纳爵·罗耀拉（San Ignacio de Loyola，1491—1556），西班牙哲学家、神学家，西班牙耶稣会创始人。——译注

② 圣依纳爵·罗耀拉 1521 年参加过保卫北方城市潘布罗纳的战斗。——译注

弗朗西斯科·希内尔·德·罗斯·里奥斯

时间里，也许是为了利用疲倦随之产生的想法，他写了自己的著作（但这些著作仅仅应该是行动备忘录）。他说话是为了安慰伤心的人们：听起来就是如此，没有空话。马德里大街上有传闻说希内尔逝世，我听见不止一个人这样说道：

“将来咱们心里有疑难的时候，找谁去问呀？”

许多人信誓旦旦地说，他们之所以有今天的一切，多亏了希内尔的教导。

希内尔主管世俗社会的忏悔工作。从职业角度说，他是好手。你们笑啦？你们不相信职业好手的说法吗？你们还相信“人不可貌相”的话吗？你们落后啦。少安毋躁！从自发行动的角度说，他也是好手啊。

如同西班牙好圣徒一样，他也不缺乏叛逆性格。当上大学教授之后，为了加入被政府和教会迫害的人们的队伍，他辞去了教授职务。成功难以训练男子汉，应该首先品尝一下失败的滋味。就这样，希内尔经受了一次又一次精神磨炼，经受着成功和失败的种种考验，始终完全服从苦涩生活的安排。从一八六八年开始，随着革命的胜利[①]，希内尔开始影响国民教育工作。这是命运的安排，他是培育人类灵魂的园丁。一八七五年西班牙王室复辟，他再度加入了被迫害者的队伍（像《圣经》中的诺亚那样躲进了方舟）去拯救浪漫的西班牙文化。迫害他的那位内阁大臣，

---

① 1868 年西班牙发生革命，推翻了伊莎贝尔二世的统治。——译注

有个中世纪教会味道的名字——奥罗维奥（Orovio）。奥罗维奥下令把正在发高烧的希内尔关进西班牙南方的港口加迪斯。希内尔拒绝了英国政府的帮助，因为“西班牙政府知道自己在干什么”。奥罗维奥松口了，圣徒希内尔出狱了，但是，他的教授职称被解除了。希内尔回到了马德里，创办了自由教育协会。

在协会里，他依然要建立一种秩序。我不清楚是不是一种修道院式的秩序，但好像是一种骑士秩序，尽管也许二者殊途同归。西班牙的新一代骑士便是由此而产生的。一八九八年一代的人们——一时文学群星灿烂，满街都是诗人，都是自身情绪绝望的产物——最终纷纷与他保持一致，因为他代表着组织性、制度性。圣徒希内尔博大的虔诚之心处处开花结果。我看到有一家报纸这样写道：“他所产生的影响一向是内在的、纯粹的和思想上的，影响了许多文化运动，影响了许多文化团体，可能没有人想到自己的团体与他有关系。”从他那里直接产生的机构，毋庸置疑，培育了西班牙文化的先进分子。

如同一位印度斯坦的神仙那样，这位伟人繁殖出千千万万个希内尔，他要深入到追随者的内心。他要更新，建立新思想。应该强调一下，他是个优秀的西班牙神秘主义者，追求完美。（就神秘主义的本质而言，它不是鼓励异端邪说的吗？因此，修道院的院长禁止修女养成飘飘欲仙的感觉。）希内尔参加了梵蒂冈主教会议后，脱离了天主教。虽说希内尔并非处于当下种种思想倾向的发端，但毫无疑问，所有的思想线索都是由他经手的。他个人的影响实在太大了，肯定会有人模仿他的举手投足，甚至模仿他高喊“天啊！天啊！”的方式。他参加过两三次争取新一代的活动。就是说，在政治上，用诚实的态度取代机智；在科学方面，用精准的方式代替猜想；在人际交往上，取消在公众面前作秀。（人与人的交往取决于交心，取决于真诚相待。）在安排生活上，用舒适和卫生代替陈规陋习。我们在参观大学生公寓宿舍[①]、花园和图书馆的时候，肯定会想起那位疯癫学究（Domine Cabra）居住的克维多[②]式的寄宿公寓，虽然学究是塞戈维亚人，但是我们想象得出那公寓位于特雷索大街上，哪怕就是空腹状态，《骗子外传》的骗子和他的老爷堂迭戈，肚子里也会塞满害虫。

① 大学生公寓宿舍，希内尔住过的地方。——译注

② 克维多（Francisco de Quevedo，1580—1645），西班牙大作家。代表作有《梦》《骗子外传》等。——译注